野間 宏

# 死体について

## 野間宏後期短篇集

藤原書店

目次

# 死体について

野間宏後期短篇集

# 泥海

昼の風呂で、頭を洗ったのがやはりよくなかったなと、粉川講師は、左の耳に小指を押し入れて考えていた。別に熱があるわけではなかったが、身体全体に、強張《こわば》りと弛緩《しかん》の両方が生じているのが、自分でもはっきりとわかった。そして左手の小指は、いつの間にか、左の耳にさし込まれている。

はげしい臭気が鼻孔をつきつづける。それは吐気をもよおさせるだけではなく、時には呼吸困難に陥れられるかと思われた。この臭気は、養豚場から発するものでもなく、養鶏所から流れてくるものともことなり、潮気を含んでいてそのために身体全体に、臭気液とでもいうようなものを、ぬたくる、特別な醜い匂いをたたえているものだった。

「この臭気というやつがどうもいかん。匂いというやつは、まったく始末におえんところがあるよ、……第一、ものを考える力を、薄れさせる……薄れさせるなどというどころではない、その大もとから、そぎ取られてしまう。……まあ、その考える力というものが、頭に備わっていて、その上での話だが。」

臭気はやがて、消えていくものと思えていたが、そのような気配は見られなかった。臭気は一日一日とはげしくなり、その濃度をましていった。粉川講師も一緒に連れてきた学生たちもまず食欲を失い、たちまち弱り込んで、その日ごろの動作を鈍らせてしまった。

臭気はこの南方の小さな町の内海が、つづく干天のために乾き切って白い泥土の原野と化したところから立ち昇り、町全体をつつみ込み、隣村何ヵ村かをおびやかしているのである。

このような泥土の海ができあがるなどということは、町の人が誰一人として予測することのできないところであったという。この町の安旅館の若主人の話では、町の漁民でさえも全然このような海の異変に対する備えがなく、海面がぐっと落ち込み、二、三日、まるで引き潮時のように、遠浅続きになり、やがて海底を少しばかりのぞかせるようになりはじめた時にも、海が今日のような状態になるなどと考えたものはいなかったという。誰もが、あと一、二日もすれば満潮時の海が元通りにかえってくるものと思い込んでいたのである。

しかし、その二日後には、海水は海底に大穴でも掘られて、一挙にそこに吸い込まれていったかのように水嵩《みずかさ》は減り、海面がそのまま、海底になってしまうという事態が起こったのである。遠浅の海などというものはなくなり、行方知れずになってしまっていた。

五十年ばかり前にも、これに近い状態が起こったことは起こったのだが、その時にも水がひいて遠浅の海が遠方の方まで、ひろがるばかりであって、海面がなくなり広い海底がそのまま姿を現わすようなことは、今度が、はじめてのことだった。旅館の二階の窓から漁民の低い屋根をこえて、昨日の朝方、まだ輝くように浮上して見えていた海は、いまは、何処かへ消え去ってしまっている。

「漁師がもう驚いてしまいましてね。あれよ、あれよと言っている間に、こういうことでしょう。海あっての漁師で、その海が行方知れずになってしまったんじゃあ——、何もかもなくしたも同然で、それに漁船が陸の上に残されたままで、いくら、枕木を敷いて海水のあるところまで、押して行こうといったって、四キロも五キロも向こうまで、押して行くわけにはまいりません。それで、浅瀬で飛び跳ねて遊んでいたはぜか何かのように、ただ、うろうろとまわりを、跳ねまわっているばかりでしてね、ついにはその跳ねる力もなくしてしまいましてな……」東京の大学を出ているという長身の旅館の若主人は、旅館の下の気ぜわしげに行き来する通りの人々のどことなく様子のちがった振舞を気にする粉川講師に言った。

旅館の若主人は、漁師たちは、海をとられ、これからどうすればよいのか、どうしようにも考えようがなくなって、全日寄り合っている漁業組合の世話役のところへ訪ねて行って、いましばらくはどうしようもない、この実情を県知事に訴えて、対策を講じてもらうようにするほかにはない、当分の間家に戻って、こちらからの知らせがあるまで待っていてもらいたい、その世話役たちの言葉を聞きとり、それぞれ、いつもとはまったく違った足並そろわぬ足どりで帰って行った、しかし、あてにしていた県の救援ははかどらず、おくれる一方で、漁業組合の世話役たちも評判をおとしその持ち前の荒々しい力の振いどころもなく、弱り切ってしまっていると言った。

しかし二日ほど前から中央の新聞社やテレビジョン、週刊誌などの報道陣が、にわかに動きだし、次々と町にはいってきて、問題を大きく取り扱いだしてから、政府も捨てておくことができず、救援金を出すと公約し、まずその一時金が出ることとなり、騒ぎは少しは収まりはしたものの、この町全体を蔽《おお》う臭気をどうするか、これには町の者たちみなが頭をなやましているという。

「報道陣は、この海の奇現象というんでしょうか、これを取材しようと、各社の競争もあるんでしょうが、持ち前のねばりで、有毒物を頭からかぶるようなこの臭気にもよく耐えましてね、干上がった海の端の辺りまでも乗り出して、取材し、録画などもして、報道に力を入れてくれています。まことに、よく、やりますな。はじめて見ましたが、車も入らない泥のなかへと履いている靴もとられて、それでも、まだ、向こうへ向こうへと出て行く、いいますからね。……この報道陣の報道のおかげで、どっと観光客が、押し寄せて来ましてね。ところが、なんといっても、この臭気でしょうが、ただ一泊きりの素泊まりさんばかりで、それも、にわか仕立ての民宿で、設備もまったくととのわぬことも加わって、すぐに逃げだすようにしてお帰りになられてしまうわけでして、折角落ちるはずのお金をまるまる、のがしてしまうというようなことでございますものね。」

「観光客ですかね。しかし観光客とは恐れ入ったね。」粉川講師は学生たちとともに、調査に各地に出向くことがよくあったので、この観光客という言葉にも別に驚くことはなかった。土地の災害、しかもそれが風変わりなものであればあるほど、それをすぐにも観光に結びつけるということは最近ではどこでも考えられ、また実現されることだった。そして彼もまたいまではそれに十分に慣れていて、驚きというものを失おうとしている人間の一人だった。

「お客様のような御辛抱強いお方が多うございますと、この町も救われるんでございましょうが、何といいましても貧乏町でございましてな。前は海、後はすぐに山、それも傾斜がきつくって、耕地はごく僅かで、裏山を切り開いて蜜柑《みかん》山にする事業がはじまったのが、六、七年前のことでございましょう、だもので、まだ、収入源にもなりませんので。」若主人は、かまわないから、そのように入口のところに、かしこまっていないで、中にはいって来るようにと手まねきすると、すぐにそれに乗ってきて、奥の縁側になっている板敷きの肘掛椅子に掛けた粉川の足元のところに、きちんと坐ると、このような際にも少しも気取りを忘れず、細い咽喉元《のどもと》のところに手のひらを置くようにして言う。

「それほど、御辛抱強いわけでもないが、帰るに帰れんということになってしまったからね。学生たちは興奮してね、もうしばらく、どういうことになるか、様子を見たいと言うしね。僕は一泊で、素泊まりで逃げだしたい方だけれども。……君の言うこの匂いによく耐えるのには、蓄膿症《ちくのうしょう》の鼻か、鼻の孔のない鼻の持主でもないと、できることではないからね。」粉川は大きくふくれた鼻翼のところにすぐにたまる汗をハンカチで拭きとったが、すでにそのハンカチは黄色にそまってしまっている。

「学生さん方は興奮して下さって、様子を見たいと、おっしゃっておいでございますか。それでございますよ。……観光客の皆さまが、みな、そのようにおなりになって下されば、申し分ございませんのですがねえ。政府の一時金も出ることですし、いまは、観光客の方々に一日でも長く滞在してもらう工夫をと、漁業組合の世話役も考えるようになっております。しかし旅館の数はそれほど多くございませんので、民宿、それも、俄《にわ》か仕立ての民宿を、開こうというので、世話役方の二階に部屋仕切りの襖を入れたり、椅子、テーブルの類を置いたり、枕、蒲団を運んだりしております。何分時期が時期なもので、厚い蒲団の入用がないのが幸いでございますが、この臭気だけは、どうかいたしませんことには……」

「そうだね、臭気ということでは、鼻薬でも嗅がすほかに方法はないだろう。……まずもってお役人方に……しかし効くかな……」

「その方は、とっくにすんでおりますが、少しもその効果があらわれませんようで……。気象学者の方も、海洋学者の方もこの海の異変の原因も明らかではなく、またここ当分はその内海が、元の状態に戻ることは、まず予測できないと、言われたということでございます。」若主人は上半身を突き出しておいて、元に戻す。その細面の顔に哀しげな影が動く。

「するとあの魚釣島といったかね、海の右手の方に突っ立っている、泥海の真中のところに、長い男のものの形をして、突き出ているのが、後、一カ月も二カ月も、そのまま、突っ立っているわけだね。」

「そういうことでございます。まあ、まあ、こういうものが、出たからには、それに見合う、女の形をしたものが、その辺り近くにあれば、ということも旅館組合のなかで言われて、このわたし奴が選ばれまして、漁業組合の世話役の方に、御相談に行くということにきまりまして、まいりましたところ、それに見合うようなものは、いまのところ、見つかっていないということで。そういうことではなくて、それを、こさえてはどうかと、御相談にまいっておりますと切り出しましたところ、もう、それで話はすぐにも通じましてね、さすが、漁民の暮し向きのことが何よりもまず、心にある方々という思いがいたしました。そこでどこにそれをつくるかということになりまして、それをこさえる場所などもいろいろと出し合ってすでに決まりまして、この一両日中には、そこのところに、その見合うものができることになっております。いくら、なんでも、真っ昼間には、できることではございませんので、夜分に、事を運びましてと、そこのところは、慎重にと考えております。町議会も、この急な事態にうろたえてばかりはおれず、予算を組もうというところまで、まいりました。」

「いよいよ、その辺りまで、この町も来ましたか。どこを訪ねても、日本は同じようになっていきますな。しかし、まあ、こういうことになるほか、ないでしょうよ。……それでは、学生たちの町の調査などというのは、もう、どうということもない代物ということになってしまうわけで、……そうでしょうが。でもこの臭気の方は、どうされます。これを消すなどということは、相当きつい化学処理でもやらないことには、できんでしょう。」

「いやー、むごいことを、おっしゃいます……ほんとに、おきついことを、言って下さったもので、なおよくよく考えなければならんことが、数多くあることを、心底から知らされた思いでおります。……でも、その化学処理というのを、どのようにお考えになるのか、それは、われわれの方におまかせ頂けませんでしょうか。それ、それでございますよ。」

粉川講師も、このようなところまで来ては、気持が悪くなり、これ以上話をつづけることができなくなってしまった。この時、彼は一段とはげしくなりまさってきた臭気に襲われたかのように思ったが、それは、まったくの錯覚だったかも知れなかった。とはいえ、それというのもいかなる気力をもってしても耐えることのできない、かつてない化学反応を起こさせるほどの、臭気以上の攻撃が、彼に対して行なわれたせいだろう。

「どう、されました。急にお黙りになってしまわれて。今日は臭気の方も、いつもよりは弱く静かに引いてきておりますので、何かお夕飯には身のよくはいった蟹《かに》のようなものでも、さしあげて、気散じをして頂こうと考えておりますが、このようなことで蟹がはたして、手にはいりますかどうかと、案じております。蟹は、満月には、その身が細り、ほとんど、食べるところがなくなってしまうものでございますが、いまは、まだ、満月までには、かなりの日がございますので、その方は大丈夫と思います。方々に手をまわして、折角、おいで下すったのでございますから、生きのよい海のものを、数そろえて、お召し上がり頂きたいと思うております。」

「その海のものは、別にいらないよ。こんな町の大変事の時に、海のものを食べようなど、思ってもいやせんよ。それに第一、この臭気で食欲など全然ないからね。それよりも、綿棒のようなものか、何かあったら、とどけてくれないか。久しぶりに湯にはいれたので、頭を洗ったりして、耳に水がはいったのか、ちょっと、左の方の耳が、おかしいんだよ。たいしたことはないがね。」

「お耳に水が、それはいけません。お湯の方は、もう何日もたいておりませんが、たまりました水で特別に、おたきいたしましたので。……綿棒と申しますと、あの先に綿のついた、耳を消毒する竹の棒のようなものでございますね。……さあ、ございますかな。……ございましたら、すぐにおとどけいたします。ただ、この旅館にも明日から新聞社の方が五名さんほどお泊まりになることになりましたので、おやかましゅうになると存じますが、どうか我慢して頂きとう存じます。」

旅館の若主人は引き上げて行った。しかし綿棒はとどきはしなかった。粉川は若主人の話を思い出しては、何度か吐き気をもよおしたが、あるいはそれは耳にはいった水が内耳の蝸牛管のところにはいって、作用しているからかも知れなかった。身体に熱っぽいものがあるようだった。そして日ごろの大学の日々の疲れが一気に出たのか、彼は畳の上に身を横たえ、上唇の厚い口をあえぐようにして、開いたり、閉じたり、しつづけていた。

「粉うさん、粉川さん、どうされました。口を開けたり閉じたりして、いつ、磯巾着《いそぎんちゃく》などに変身されたりしたんです。」

何ものかが、一斉に彼に、まわりから襲いかかってくるかと、身を起こすと、学生たちが彼を取り巻くようにして、覗《のぞ》き込み、笑い声をあげている。

「よくないじゃないか。折角、この臭気を忘れて、気持よく眠り込んでいたのに。ひとの眠りを奪うほど、悪いことはないということを、君たちは知っているか。僕が講義の時に一度だって、君たち学生の眠りを奪い取ったことがあるか。ないだろう。磯巾着が、どうしたんだ……」粉川は坐り直し万年講師であるとはいえその講師の威厳を取り戻そうと試みたが、それはやはり不可能なことだった。

「ひとの眠りを奪うほど悪いことはないということ、これを僕は粉川講師から、十分学んでおります。ですから、僕は粉川講師の講義に多くの学生が眠り込んでいても、ただの一度といえども、起こしたりしたことはありません。」右手にいた石本が坐り直し、姿勢を正して言った。誰も笑いはしなかった。弱まっていた臭気が、風の向きが変わったのか、再びみなを襲ってきた。

「ブック」あるいは「優」とみなから呼ばれている四六判のような顔をした石本は、さらにつづけた。「どうしましょうか。おさらばにしましょうか。当分、この内海は、元にかえりっこないということですよ。陸地が隆起した様子は全然なく、そうかといって、ただ干天で降雨が全然ないというだけで、海水がこのように減量することはありえないと、漁民たちは、海と漁船とをとられて気落ちして、泥海を前にしてじっと縁先に坐っているだけで、こんな、われわれのアンケートに答えてくれる者は、ひとりもいませんよ。」

「石本君、さっきの勢いはどうしたんだね……あんなに興奮して、この異変のなかで何が起こるか、見とどけようとか、何とか言っていたんだろう……。まあ、三日に一度ずつ、考えが変わるのが、最近の学生で、君もその一人だろうが……いや、これは何も学生には限らない……世界中が、どうも、同じようにそうなってきているようだからね。……別に君をせめているんじゃない、ただ、僕はね、君の姿の事実というものを、こう、見ているだけなんだよ。」粉川は煙草に火をつけた。

「石本には石本の考えがあって、まあ、それを、ちょっと、出してみたわけでしょう。漁民はもちろん、海あっての漁民で、海をとられてしまっては、漁業はないわけで、したがって漁民ではなくなる。漁民としてのその……その……漁民としての、ぎょ、ぎょ、みんとしての……」左取《さどり》が言った。悟りと呼ばれ、理論家で通っているとはいえ、なおその理論は哀しいかな理論家という通称を十分に支え得るとはいえなかった。

「漁民としての存在だろう……」粉川は言った。

「そう、漁民としての存在の根拠を失うことになる。磯巾着が海を失うことによって、磯巾着の存在の根拠を失ってしまっていくように。そういうことです。磯巾着は、普段は引き潮の少し前に、自らその口を閉じてその腔のなかに水を貯え、それによって脱水、乾燥から、身をまもるといわれていますが、その磯巾着も、今度の異変で、その身をまもり切れず、すべてが死んでしまい、その口を開けて、腐り、臭いをたてていました。くらげはその円い形の跡を岩盤の上に印しているだけで、昇天してしまっていました。」

「くらげ、昇天するか、……それはいい。それはいい。くらげ昇天して、彗星となり、粉川、昇天して花川となれり。この花は鼻に通ずると注をしておこうか。」粉川は肉の厚い鼻に色のついたハンカチを持っていった。

「僕は、あの南側に突き出ている突堤の先のところまで行ってきましたが、突堤も水がないために、まるで、とりでの一角という風で殺伐きわまりないというありさまで、足が鈍る一方でした。船着場につながれた船も土の上に放り出されて、船底が乾いてなんか虫の鳴き声のような音をたてていて、素通りしてしまいましたが、海ぎわ近くに一艘のモーターボートを見つけて覗いてみましたら、モーター、機械類がすっかり、もってかれていましてね。……漁民たちは海をなくして、何一つにも手がつかないという人たちが、ほとんどですが、なかには、この入海にできた陸《おか》がこのまま、ずっと陸でとどまるならば、その時には、土地が手にはいると算段しだしているものもいますよ……。ですから、後しばらく、はたして、この町は、これからどうなるか、残って見とどけましょうよ……」お岩さんと呼ばれ、足があるのかと言われ、いつものろのろとして動くことのない、三人のうちでもっとも顔のととのった民谷が、いつもとはちがって、まともなことを言う。

「先生どうしました。耳をどうかされたんですか……熱があるんじゃありませんか。寝床をしきましょうか。」民谷は、さらに、付け加えた。

「どうってことはない。折角、気持よく眠っていたのに、君たちが無神経にも起こしたりするからだよ。少しはむずがゆいところも出てくるよ。……」粉川はいつの間にか、左耳につき入れていた、左手の小指を、あわてて引っ込めた。どうするかな、町は荒れている、内海の住民調査は、できないことはたしかだが、民谷の言うように、しばらくここに残って見とどけるというのが、やはりいまは、もっとも正当な言い分だろうと彼は考えていた。しかしどうして、彼らは、笑いもせず、いかにも不思議そうにこの俺を見ているのだ……一体、この俺が、どうしたというのだ……彼はさらに考えていた。

「この臭気を消す方法はないかね。」彼は声をあげて言った。

「先生、これを使っておられないんですか……これを、ちょっと、つければ、かなりちがいますよ……」民谷は背広のポケットから香水の瓶をとりだし、粉川の方にさしだした。

「そうか、そういうことか……そうか、そういうことか……こういうことにかけては、君たちは、はやいものだね……」粉川は香水の瓶に手をつけ両の鼻の下のところに液を用心しながらつけた。そして彼は立ち上がって、階段の方へと歩きだした。学生たちは、頭を左右にふりつづけながら歩く彼を追い、彼の手をとらえたが、彼はみなの手を、はげしい力で振り払い、階下へとおりて、海の方へ、もと、海のあった方へと歩いて行く。


「粉うさん、粉川さん、花川さん、粉川先生、鼻川先生。」学生たちは彼を追いかけてきた。しかし、すでに彼は白い泥土の原野の直中《ただなか》に立っている。

するとその白い原野を蔽うかのように、向こうから、飛びはねてくるものがある。それは飛びはねる生き物の群、大群である。

それは傾き、背後の山際にきらめく太陽の光をうけて、一つ一つが光をはね返すかのように身を輝かせ、光の風のように、光の嵐のように、こちらにせまってくる。

その光の嵐の大群は、すでに粉川講師をとりまいている。彼らは光のささやき、光の声、光の叫喚を発している。

粉川は、それが海老《えび》の群であることをようやく認めることができた。大小、さまざまな海老たちだ。イセエビ、サクラエビ、クマエビ、クルマエビ、シバエビ、サルエビ、ホッカイエビ。

しかも彼らは左右に頭を振って、何かを探している。たしかに何かを探している。

「粉川先生、こいつは、こいつどもは海老ですぜ……海老どもがはいあがってきますぜ！　さあ、はやく行きましょう。」学生たちが、ともどもに言う。

粉川は自分の左手の小指が左の耳のなか深く差し入れられているのを、この時認めなければならなかった。ああ、耳石だよ、耳石だよ、海老どもが探しているのは、耳石だよと、彼は気付いたのだった。

海老どもは海の異変のなかで、耳に入れていた耳石をどうかしたにちがいなかった。彼は動物学の友人から聞かされた、海老が脱皮ごとに石を挟み足ではさんで耳に入れ、身体の平衡を保つことを思い起こしていた。しかし白い泥土の原野には、海老の大群の求める小石は、ただの一個さえないではないか。可哀そうに、まさに、終わりだよ。粉川は頭がくらくらして、そこにどさりと倒れた。

「粉川先生、粉川先生。」学生たちの声が、耳元で呼びつづけている。

# タガメ男

**たがめ** *Kirkaldyia deyrollei* Vuillefroy（たがめ科）

体長は六五ミリ位、大形な細長い平たい虫で、暗褐色であるが、棲んでいる場所の泥によっていろいろな色を呈する。頭は小さいが、大きな眼と、鋭い口とがあり、前脚は特に強く大きく爪がとがり、他の小動物を捕える役をする。（中略）本州以西の池や小川の中に棲み、小さなかえるや魚や、他の昆虫を捕えて血液を吸い、養魚池などで大きな害を与える。（中略）七月頃いねの苗や水草の水面より上のところに多数の卵を産みつける。（『昆虫図鑑』　北隆館刊）

冷たい霧が足下を匐《は》うようにして流れ、暗い空気のなかに、山間《やまあい》の人々はとじこめられる。すると、いつものことなのだが、ちょっとした威圧感と解放感が人々の身に寄りそい、彼らはやがて、白い牙《きば》をむき出しにして、やって来るにちがいない、鳴り渡るような豪雨の通り過ぎるのを、避けようと、小さな荒れはてた小屋へと、足をはやめる。

しかし先刻、はるか遠くの方にあったと見えた雨雲は、あまりにもはやい速度で、大きい雷鳴とともに、すでにごく間近に近づいており、人々の髪、顔、肩を氷雨かとも思える、大粒の雨滴が撃ち、小さな戦慄がみなのものをとらえる。

今日は少しばかり勝手がちがうと思う矢先に、先頭に立って小屋に突き進んでいたずばぬけて図体の大きい男を、白い光が襲いかかり、あらゆる樹や岩や道路、山の尾根尾根を引き裂く、真白に輝く空気を吹きつけていた。そして人々は、その男の大きい身体が、いまにも、小屋の暗く開いた戸口のなかへと、はげしい勢いで、走り込むかと見る間に、一度、両手を上にあげようとして、かなわず、咽喉《のど》の辺りを引っ掻くようにして、のけぞり、ついに力つきるようにして、小屋の前の置き石近くに、うつぶせに倒れるのを見たのである。

みなの眼のなかを火花と陽光が走り、しばらくして、すぐ頭上から、巨大な、岩のくずれるような、長く引く雷音が、身を揺すりつづけ、人々は、思わずその場に身を伏せていた。しかし雷雨のお見舞には慣れているこの地の彼らは、すぐにも起き上がって、前方に、身を伏せたまま、身動き一つすることのない、大きい身体の男の方へと走り寄り、それぞれに、手をのばしていた。

「小屋のなかへ、運び込むんだ。滝代さん、尾畑さん、辰ちゃん、胴と足の方に廻ってくれよな。」年かさの狐島が、敏捷に、男の頭部のところにしゃがみ、いつものように指図した。ことがやれると、一応見られている滝代と尾畑と辰ちゃんとが、指名されて、滝代と尾畑が男の左右に廻り、両手を胴の下にさし入れ、辰ちゃんが、両足を、右腋にかかえ込んだ。

男の横幅もある身体は、急に重みを増し、みなが、一歩すすむごとに、眼には見えない何者かの太い手で、何処かへ奪い去られようとでもするかのように、四人の男の手元から、いまにも、抜き取られて行くかと思えた。狐島は、この雷がよく仕掛けると言われている魔の業なるものから、いちはやくみなを脱れ出させるために、声をあげていた。

「おい、滝代さん、尾畑さん、辰ちゃん、みな、ちゃんと、眼を大きゅう開いていてくれな。その眼、ふさぐなよ……そら、もうええよ、もう、小屋のなかへは、三歩よ。……よいしょ、よいしょ……さあさ、よいしょな。」狐島の声は、低く垂れた。暗いどしゃ降りの雨雲を引き裂く光の柱が、今度は、小屋の後の辺りに立ち、しばらくして、雷鳴がとどろき渡るようにして走り去るなかにも、みなのものの耳元に、消されることなく、生きた小鳥のように、とまった。

「よいしょよ、よいしょな。」滝代は狐島に応じた。

「よいしょよ、よいしょな。」尾畑と辰ちゃんが、それにつづいた。

「よいしょよ、よいしょな。」小屋の軒下のところにすでに、たどりついていた残りの二人の者が、同じように、声をあげていた。

　そしてみなの、よいしょよ、よいしょなの掛け声は、調子をととのえ、四人の、力失い乱れようとしていた呼吸を取り戻させ、四人は、小屋の入口のところに、大男の両足を樹木のように真直にのばし切った身体を運び入れ、やっとのことで、そこに横たえた。

「おい、ほかのものは、火をたけや。火をたいて、そこの鍋に湯をわかせや。……冷たい水も、また、要るとな。……その窯《かまど》の横のところに、古桶があったが、あれは使えんか。見とくれるな。」今度も狐島が、指図をしたのだったが、その指図はそれほど必要ではなかったようである。狐島は、いつものように、ただ指図をせずにはおれなかったので、そうしたのだが、他の者は、すでに、それぞれ、ひとが雷に撃たれた場合に、しなければならないことを、よく心得ていた。

　小屋の中央に掘られた、すでに使うものもなく見捨てられ、ただ消し炭が、そのまま、残されている深い炉のなかに、薪が燃やされ、辺りがようやく明るく暖かくなる。そして戸口のところに横たえられた男の身体から、雷に撃たれたものの放つ、放電性を帯びた、あの焦げくさい激しい臭気が、辺りにひろがり、みなの鼻をとらえる。

狐島は、大男の全身を、冷たい、切れあがった、鋭い眼で、調べるようにしていたが、滝代が腰にくくりつけていたカンテラをともして、差し出すと、首を長くのばして、あらためて眼を据えるようにして、重々しい口調になって、言った。とはいえ、その内容はまったく、逆といってよいのである。

「見事にやられとるな、頭と首と背中を、それも右側のところを、避ける間もなく、撃たれとるよな。おのれひとりを助けようとして、小屋に駈け込んで、かえって、それが、あだとなったやな。着てるものは、別に、傷んだ様子がないようだが、この様子だとからだの方は、方々破れとるよ。着てるものを、ぬがせてくれや。滝代さんに尾畑さんに平林さん。」

「よっしゃ、引き受けました。尾畑さんも、よろしいやな。辰ちゃん、もうちょっと、引いてやってくれよ。この大きい図体もやね、雷さんの前では、手も足も出なかったてなあー。ただの一撃ちとは、こういう事にぴったりと、言ってよいのやないか。」滝代は、ずぶ濡れになって寒気のするのもかまわず、土の上に膝をついて、男の全身をすっぽり蔽っている、雨をとおすことのない裏地のついた黒の上っ張りに手を掛けたが、すぐに手をひっ込めなければならなかった。そして蟲を取るとなるとこの大男のほかには誰にもひけをとることのない蟲屋の彼の、よくきき、よく動く、細い眼と細い首と細い手と脚は、こまかく震え出している。彼は水筒の栓を取り、匂いを嗅ぎ、ぐいとあおるように飲んだ。

「そうよ。ひとをな、なぐる、蹴るの岩見親父も、この山のごろごろ兄《あに》いにかかっちゃあー、もう踏んだり、蹴ったりで、ごろん、ごろんとあのざまじゃあ、岩見親父の獅子舞も、いよいよ、これでおしまいと来るよな。」年少の小男ながら、堅肥りしていて、力自慢の盛山辰太郎は、横たわっている男の両足を、ぐっと力を入れて引っぱり、身動きひとつすることのない相手を眺めやる。力自慢の辰ちゃんもこの大男の岩見が、村に帰って来るようになってからは、もう、全然、力もないも同然の身になり下ったようで、我慢がならず、事あるごとに、その嘆きを吐き出しては、「なにい、このままで、すみはせんよな、すましちゃあおかんけん。けして、おいときはせんよな。」と言って来たのだ。

　みなの濡れ切った身体のなかから、ようやく勢いが昇って来て、辺りに一気に拡がって行くのが見られるようである。とはいえ、それも、また、ごく短い時間のうちに、せき停められることとなる。

「そのように、簡単に、事が運ぶもんではない。まだ、まだ、心を許すのは、はやいと思わにゃ、いけん。その大男の身体じゃもの、命はとりとめる、元の身体に戻らんとも限らんと考えられんこともないのでな。その時の用心を欠くようでは、取り返しのつかんことにもなる。とわしは、こう思うとるが、どうかな、……これは大事なことぞよ。」炉の方から来て、こちらに加わり、狐島の横にしゃがみ込んだ、眼を病んで、しょぼしょぼとしている平林は、長年、ひたり切っている、不景気そのものといった気持から、めったなことでは抜け切ることなどできないようだった。もっとも、口に出しはしなかったが、同種といってよい考えは滝代のうちにも動いているのである。彼にはこの岩見の親父が雷に撃《や》られるなどということは、全然考えられもしないことだったのである。

平林の一言は、人々を一瞬、うさん臭い思いのなかに導き、みなは、男の身体をいままでとはちがった眼で見やり、その身体に手をかけていたものは、あわててその手を引き離した。

いいわさ。それじゃあ、しばらくは様子見るとして、まずは、ずぶ濡れになった着ているものの手入れをし、風邪を引かぬように、身を暖めようという狐島の言葉に従い、各自、その着ているものの始末にかかるのである。

ただそれだけが、みなの足をひっぱっているといってよかった。この大きい図体をした男は、決して生きていてはならないのである。たとえ、いま、一時、仮死という状態に陥っているのだとしても、その仮死のなかから甦り、生き返って来るようなことがあってはならないのである。男が生きのびるようなことになれば、村は、どのようなことになるか。村は、この男の死によって、一変しようとしているというのに、これまで通りの、ひどいとか、悲惨なとか、というような、通り一ぺんの言葉では、とても伝えることのできない状態をひきつづき、つづけなければならないことになる。

「たしかに、こと切れている。」男の太い手首のところに手をそえて、脈搏を見届けようとして、宙をにらむようにしていた狐島が、みなを制するように声を低め、その宣告を行なったのである。

「たしかに、こと切れている。間違いない。完全にこと切れている。岩見親父も、こうなっては、元のただのタガメ男にすぎんのよ、え、滝代さんよ。」

そして彼は、以前、臨時に働きに行っていた染料工場の染料で、いまも、ほの赤くなっている手のひらを、男の口元へともって行った。それから後は蠟燭《ろうそく》があるか、あったら持って来てくれるようにと、下木爺さんに言った。なかで最も年のいった下木爺さんは、背負って来た、荷物袋のなかに、蠟燭を罐に入れてしまい込んでいた。

下木爺さんは、自分の蠟燭が、このような時に役立つのを喜んで、急いで取りに行き、火をつけ、深い皺《しわ》の一面についている顔をほころばせて、狐島にそれを渡すのである。狐島は、ゆらゆらゆれて、いまにも消えそうになる蠟燭の炎を片手でかこい、そいつを静かに男の鼻孔のところにもっていった。

みなが息をこらして見守るなかで、炎は蠟燭を斜にしようが、水平に倒すようにしようが、真直ぐに立ったままで、ほんのひとゆらぎもすることがない。炎は男の黒く開いた鼻孔から吹きあげる、なお残っていると思える生命の力によって、その形を動かされることも乱されることもなかった。

男の肉のもり上がった大きな鼻の下の、脂をにじませていた髭は、いまは、泥土をのせて汚れ、この男の力がもはや、二度と揮われることがないことをはっきり示しているかのように、こまかくちぢれて、灰色に変わってしまっている。周囲をかこんでいた人々が、「ほおー」という喜びの溜息に近い声を放っていた。すると小屋のなかの、これまでは、それほどよく見えることのなかった谷に面した明り取り窓の上の、出ばった物置き棚、その棚の下に置かれた、鉄の鍋や長い床板や、辺りに放り出されている先のすり切れた竹箒木《たけぼうき》や錆びついた大バケツなどが、みなの眼にはっきりと見えて来る。そして間を置いて、続いていた雷鳴は、いまは遠くに去り、雨はその勢いを落して、やがて間もなく、小降りになることを告げている。

「よいしょよ、よいしょよ。」人々は次には、口調も軽く、岩見親父の死を確認する合図を送り合うように、掛け声をかけ合い、互いに顔を見合わせずにはいられなかった。そして、ほおーという声が、再び彼らのうちから発せられたが、それは滝代には、むしろその僅かに開いていて、思いのほかに白い歯をのぞかせている男の、厚い大きい唇の間から、吐きだされたように思えて、彼は思わず知らず、身構えていた。そして彼は、急に眼がくらみ、彼のまわりに多くの蟲が集まって来て飛びかい、彼の肘のところに無数のバッタが重なり合うようにして、とまっているのを見た。バッタはその四角の緑色の顔を彼の方にかわるがわる、突き付け、細い黄色の二本の触角をふるわせつづける。頭の真中の、小さい一つの単眼は、瞬くこともなく、触角のすぐ後に付いている二つの大きい茶色の複眼は、彼にいまも、また冷たいつるつるした、ひっかかることの何もない言葉で言いたてる。

「蟲屋の滝代、お前の飼っていた、タガメも死んじまったよな。蟲屋の滝代さんよ、お前の大事な大事な、タガメも、水槽のなかで、こと切れたよな。」つづいて後のバッタは、その前足を突き出し、その青い大顎のとがった口を、ただ大きく開けてみせる。バッタはその口で喋りはしない。その口は、ただ、蟲屋の滝代をからかうために開いてはすぐにも閉じてしまう。タガメのやつは、可哀そうに、全部、死んだ。もう沼にも池にも河にもどこにも、おりはせんのよ。……無数のバッタの冷たい、禿頭《はげあたま》のように、つるつるした言葉は響きのない、不思議な合唱となって彼に襲いかかる。そして彼は、もはや、タガメを取ることもないし、タガメのためにイトミミズやオタマジャクシや蝶や小魚を取ってやる必要もなくなったことを、いまもまた思い知らされる。もはや、いま彼に必要なことは水筒の栓をとって口に当て、ぐいと飲むことのほかにはない。するど疲れて濁り切った彼の頭の血漿のなかに、メクラアブのように、いかんよ、岩見親父は、いまも岩見親父よ、決して以前の、ただのひとに嫌われるタガメ男に戻ったりはしてはいないよ。あれは、起き上がって来るよ。岩見の親父は、必ず起き上がって来るよという言葉が、おし入って来て、呻きちらすように思えたが、それは決して妄想に終わることなく、実際に眼の前に実現されるかと見えた。

狐島が、身を構えている大男の、大きく開いたままの両眼を閉ざしてやろうと、片方の瞼に手をやり、「岩見の親父も、こうして死んでいると—。もう岩見親父も、岩見重太郎でもなんでもない、狒狒《ひひ》退治はおろか、なんの力もない、かわいい、いたずらっ子のタガメ男に帰って死んどるのよ。これから、どうするかね。すぐ、この死体を下へ運ぶか、それとも、もう少し待って、雨が小降りになってからにするか。……どうするかな。とにかく、はようお医者に診《み》てもらうようにして、死亡診断書をもらわんことにはな。遺族はおらんと聞いとったが、遺族はおらんのよな。」などと、言っていると、その当の死体の辺りが、俄《にわ》かにせり上がったかと思うと、歪《ゆが》んだ口が、血を好んで吸うタガメの口のように、白く開いて、呻き声が放たれ、やがて、その土の上に投げ出されていた両手が、胸の上に匐《は》い上がり、胸元を、はげしく掻きむしり始めたのである。

東西東西、蟲屋の滝代さんよ、それ、この通りとござい。ただいまより、御覧に入れまするは、恐ろしいこと一番、おかしいこと一番、悲しいこと一番という見世物狂言、どうぞ泣いて笑うて震えて泣いてごゆるりと、御覧のほど願いたてまつります。……メクラアブが、頭のなかから、くぐり出て来て、言ってみせる。

狐島は、はっとして、身をそらせ、しゃがんだまま、一歩後に退こうとしたが、すぐにやめて、逆に前に身をのり出し、岩見の頭に両手をかけていた。

「どうしなさる。え、どうなさる。さあ、さ、決めまっしょう。ここは、大事なところだよな。ひとつ、ようく考えて、みなで、どうするかを決めてもらいますよ。いいですな、どうするか、このように、この狐が言うてることが、どういうことを言うているか、みなさんにわからんことは、ないでしょうが。……狐島は別に恐ろしいことを言ってはせん。狐がこの大頭をおさえている間に、よう考えて……な。返事してもらいましょうや。」狐島の声は、少しも高ぶることなく、低く、しかも腰が据っている。

みなは、ぎょっとして、立ち上がっていたが、狐島のこの言葉に、すぐにも、我に返ったといってよいだろう。みなは、狐島の言う、どうするかということが、何を意味しているかを、すぐにも、腹のなかに収めていた。

その間にも、岩見重太郎こと岩見東太郎の、胸を搔きむしる両手の動きは、はげしくなり、さらにその両足は、土を蹴ろうとして、空しく、骨と血を失ってしまったもののように、土の上に、くねりつづける。みなはその異様な様《さま》に、眼をそらしたりそむけたりすることなく、じっと見入っている。

「ぼくは、一切、狐島さんに、おまかせしまする。」平林が、しょぼしょぼさせていた眼を、じっと開けていたと見ると、その長年語ってきた、不景気そのものといった気持から、抜けるかと思えるほど、他の誰よりもはやく、その心のうちを、短い言葉にした。彼は狐島にそう言うと、一歩踏み出し、岩見の胴のところにしゃがんで、その、痙攣《けいれん》を始めた岩見の顔に、すでに、そのしょぼしょぼしはじめた眼を向けている。

「お次はさ、そのお次は、出ませんかいな。」狐島が、挑むような眼付をして、みなを見廻しておいて、一巡すると、笑ってみせた。「もう、決まっておりましょう。え、そういうことでしょうが。」

「そうよ、そういうことになりますとよ。ぼくはやりまっすがな。……ぼくの手には、十分、力がありますとな。」辰ちゃんは、その身体に勢いをつけようとして、両手を前に突き出し、その腕を交叉させ、胸元のところに引き寄せてみせる。

「ここで、滝代さんの意見が、聞きたいわね。……蟲屋の滝代さんの考えひとつで、事はきまる。」狐島が言った。

「そういうことよな。そういうこと。」尾畑が言った。

「聞かして……くだはらんかな。滝代さんよ……」炉のところに残っていて、先刻、狐島に呼ばれて来た谷吉が、いかにも、言いにくいことを言うというように言い、口ごもった。

「はあ……」と言ったまま、後は、声もなく、滝代は身を引いた。みなの眼が、少し前から自分の方に、向けられているのを、彼は知っていた。口数のまったく少ない、意見などというものを、口にしたことのないといってよい谷吉が、このような時に、口を開いたことが、蟲屋の滝代の身につよく迫って来る。

　滝代の手の間では柔らかい脂が、とけだしているかのようであった。いかなる事がこれまで、あったとしても、岩見親父とみなの言う親父は、彼にとっては、まったく親父であって、恩のある男じゃないか、という考えが、この時、埃のように髪の上に白く積る。滝代はその髪の上の埃を、やがて、かまうことなく払い落すにちがいない。滝代は、岩見のことを一から十まで、その心の隅々まで、知っているのである。いや、一から十までというわけには、いきはしない。人間は、ひとの心の内に何が隠されているか、やはり、わかりはしないのだ。この俺が、この岩見の親父を殺す計画をして来たことなど、誰にも知れずに、消えてしまう。一人一人、人間は、その心のうちに、隠しているものを、隠したまま、世を去るのだ、と滝代は考えていた。

「ぼくは、みなさんと、一緒にやってきたつもりでおります。それですもの、これからも、ずっと一緒にやらせてもらいます。」滝代は改まった口調をつくって言った。

「悪いわなあ。あんたは、岩見に世話になって、恩を受けてきてなさる方だでなあ。」谷吉が言った。

「恩は恩、でも、あだはあだ。悪いなんてことは、ありゃせんので。みんなと一緒にやれんで、どうするかね。もう、心は、決まっているんで。」滝代は、今度は、谷吉を押し返してみせた。

「恩は恩、でも、あだはあだ。きちんと考えておいでになる。はやく両親に死別した身で、親代りになってもらい、蟲採り、標本づくり、学校廻り、すべて、手を取って仕込んでもらい、一人前の蟲屋、押しも押されもせぬ蟲屋となり、その上蟲屋の権利まで譲り受けた恩。でもな、女房をやつに寝とられたり、田畑、家屋敷一切をやつにだまし取られて、どん底にと落され込んでいる。みなのもののあだはあだ。……そう言われてるね。……」狐島が言って、みなを納得させるのだ。

滝代は黙っていた。彼は肯《うなず》きもしなかったが、顔を伏せることもなかった。狐島の言ったことには、偽りといえるものは、少しもなかった。たしかに岩見は恩を受けた人である。いつもこき使われ、荒稼ぎさせられ、われ知らぬ間にひとに蔑まれる蟲屋の跡をつぎ、蟲屋にさせられたとはいえ、それでも、彼がいま生きて在るのは、岩見にあったがゆえにちがいない。彼は岩見の恩を受けたのである。しかし恩を受けた者のうちに、殺意が生じないなどと決めることはできはしない。彼は、やはり、やるほかない、殺《や》るほかないと考えていた。

するとちらと後を向いた彼の眼に、青紫の意外に大きい花と薄白の蕾を三つ四つつけた桔梗《ききょう》が、小屋の左手のすぐ外のところに、丈高く、しっかりした姿を見せた。桔梗の根は、痰、せき、腫物、咽喉の痛みによく効くと、彼に教えてくれたのも、もちろん岩見である。昆虫採集、標本づくりばかりでなく、多くの薬草についても、岩見は彼に惜しむところなく、伝えてくれたことは、たしかである。そして、田畑のない滝代は、それによって生計をたててきたのである。は、やるだろうし、やるほかはない。しめった風が、彼の首筋の辺りに、大きな蛾の広く厚い翅のようにとまっている。しかし彼
「それじゃあ、誰にやって、もらいましょうかな。」狐島は、まるで何事もなかったかのように言って、周りのものに顔を向けていった。

誰も口をきかなかった。しかし、みなは、しばらく動きをとどめていた岩見親父の胸の上の両の手が、再びはげしく、胸のところを掻きむしるのを、見なければならなかった。

狐島は、用意してあったにちがいないが、誰に言うともない風に、言った。「いざ、などと考えておっちゃ、これは、やれはせんぜよ、滝代さんは水筒ばっか、口に当てて、さぞよい心地じゃろうが、もう、ここしばらくは、ひかえてくれんか。ほかのひとが気を取られる。いま、ここで、こういうこと、言うのは、控えようと思うたが、やはり、言わんわけには、いかん。わかる

な。もう、ほんのしばらくの間のことだよ、な。」

　辰ちゃんが、おらにやらせてほしいと、声をあげたが、狐島はすぐにも、それをおさえていた。

「いいえ、さきには、ことは、この滝代の考えひとつできまると、こういう風に言われている、その男に、まず先に、やらせるのが、一番おさまりがよいと、こう思うておるので……。そうでしょうが。」滝代は、狐島に向かってではなく、いまは、みなに向かって、言っていた。しかし狐島は承知しようとはしなかった。

「滝代、そう水筒を傾けてばかりいてからに、そのような涼しい鳴き声を、セミのように出してみせても、なんの力にもならんとよ。よいかね、滝代さんよ、なにもまだ、お手前が第一にやるとは、決まってはいんのでね。だれもが、第一にやりたいと、いう気持でいる時に、そのように、酒のはいっている者は、遠慮した方が、よかないかと思うが、どうかな。もししくじったり、というとになれば、この、おめでた日が、たちまち、厄日になることは、この頃よくあることよ。殊に冷え込みのきついこの夏にはよ。それによ、滝代さんは、蟲を始末するのに、右に出るものはないだろうが、こっちの方は、少しは勝手がちがうと思うがな。また、この大きいものを、標本にするいうわけにも、いかんだろうしな。」

　そして狐島は、おごそかな調子で、その最後の結論を出したのだ。もう、時間がない。いつまでも、ああだ、こうだ、誰が先、誰が後などと、時を過していることはならない。一斉にみなでやる。それが、みなの力を一つにし、その心を一つに結ぶのに一番よい方法である。狐島は自分の両手で岩見親父の頭をしっかりおさえておいて、みなに、それぞれ立ち上がって、岩見親父の身体の上に、身を投げかけるようにして、その呼吸と心臓の活動が停止するまで、それをつづけるようにと言った。

しかし今度もまた、岩見親父は、狐島の言ったようなことに、なることはなかった。みなが岩見親父の身体の上に、その身を投げ出そうとするその前に、すでに、その大きな男の図体が動き、長靴をつけた両足をたくみに使って、立っているみなの足を、たちまち、なぎ倒し、そこにすっくと立ち上がった。そして、こころ転倒し、呆気にとられ、ようやく起き直って、恐怖につかれ、顔色の変わっているみなに向かって、少しの怒りも混えることのない、大きい笑いをのせた顔を向けて見せたからである。

谷間の村の山際の墓地のもっとも高い空地に、先日、山小屋で一緒だった六人の男たちが、岩見重太郎こと岩見東太郎の寝棺を収める墓穴を掘っている。あの落雷の日から、ほぼ五日ほど後のことである。しかし、その指揮をしているのは、いまは、もちろん狐島ではなくて、寝棺の主の大男の岩見親父である。

岩見親父は、すこぶる御機嫌で、俄か仕立ての、雨宿りもできる板囲いのなかに、むしろを敷き、スコップを使って度が過ぎ疲れの見えるものは、交代して休み、存分に用意した酒をくみ、気を晴らすことができるようにと、気を配っていた。岩見親父は、墓穴を掘る準備ができたと見ると、言ったものである。「岩見東太郎は、ああして、落雷に撃たれて死んだ身よ、やはり寝棺に入れて埋めてやらにゃ、いかん。これだけは、どうあろうが、ちゃんと、やってやらなくちゃ、いかんのよ。わかって下さるな。」体ばかりでかく大きく発育した小学生が、無心に歌うように、彼は繰り返し言ってみせたが、それは六人の男たちをかえって、一層、不安のなかに落し込んだ。もちろん、このような根拠から行なわれる墓穴づくりであるので、彼もまた、みなと同じようにスコップを手にし、長く幅広の深い墓穴を掘る仲間入りをした。

みなの心は、ようやく安まるように見えて、決してそうなりはしなかった。みなの顔は、岩見親父の笑顔と同じように、いたって陽気に笑いを放っている。しかもそれは全然偽りの笑いなどというのではなくて、真の笑いというべきものだったが、それは、やはり、酒の力なしでは生まれることのないものと、見なければならなかった。

誰もがとはいえないが、この六人のうちのほとんどが、この図体の大きい、性悪の一人の支配者の手から解き放たれることを予測し、願っていたのである。この男の死体を載せて運び込んだ病院の医師たちは、責任者以下誰一人、何の疑うところもなく、死亡原因を落雷による感電死とする死亡診断書を、書いてくれるし、警察官もまた、その検死にあたって、そこに何か不可解なものがあるなどと、見ることは絶対にないはずだった。

そしてその夜には、この男の新築した家の、十五畳は越える広い応接室の太い柱の床の間のすぐ前のところに蒲団を敷き、全身、白包帯で巻かれたこの大きい男の遺体を寝かせて、そこでお通夜の酒盛りが開かれているはずだったのである。

もちろんのこと、そのあまりにも痛ましい遺体は、顔も頭も、両手、両足、すべて白布で厚くぐるぐる巻きにされているので、それを人眼から隠すために、大き目に造られた屍衣を、すっぽりと着せられ、白足袋の代りに、絹の白靴下をはかせられていたに違いないのである。遺体の破れて腫れあがった足に、はまる白足袋など、いくら捜そうとあるわけはないので、白靴下が代用されるのだが、やはりそれは絹物でなければならないということになったにちがいない。そしてその遺体の上には、新しい軽い夏蒲団が掛けられていたことだろう。

白木の床の間の右手には、横に長い、深い、煉瓦造りの暖炉が据えられている。そしてそのなかには、石油ストーブが、奥深く、はめ込まれているのである。暖炉の上には、左右に、レミ・マルタン、クールヴォワジェのコニャック、何種かのスコッチ・ウイスキー、ボルドーとラインの葡萄酒、日本の各地の銘酒、さらには木曾の七笑などの原酒の数々の瓶の列が、広い三角の角度をつくって、そこに交叉するように、並べられているのであるが、これが、また、このような山間のなかでも特別奥地の過疎村にも建つことのある新築の家にも、入り込んで来る風俗の一つなのであって、岩見親父の建てた家に、毎日のように呼びつけられていた滝代には、この決して客に口を開けて飲ませるわけではなく、ただ、見せつけるために置かれている飾りつけの瓶の列を、スコップを持って、深い墓穴の底にはいっていても、ありありと、その頭のなかに描きあげることができるのである。

しかし、そのような岩見親父の通夜の酒盛りなどというものは、まだ見ぬ夢とさえならずに、また泡雪としてさえ降ることなく、消え去ってしまったではないか。そして、いまは、夢に見ていた、寝棺を収めるための、まことに大きい墓穴を、現にみなは冷たい山地の空気のなかで、汗を流して掘っているのである。それは決して夢などではなく、現実に、このようにして、あることなのである。

しかしやな、この岩見親父は、はたして、このような寝棺の墓穴掘りを、みなにさせて、一体、どうするつもりなのよ。え、誰が、このなかにはいると言うんだよ。岩見の親父は、岩見東太郎は、そうじゃろう、ああして、落雷に撃たれて死んだ身よ、寝棺に入れて、埋めて葬るのよ、これだけは、どうあっても、ちゃんと、やってやらなくちゃあ、いけんのよ、わかってくれるな、などと、体だけ、でかく、大きゅうに発育した小学校の上級生が、調子はずれもよいとこ、歌うように、繰り返し言ってみせた、あのさも満足したといった顔が、いまも見えはするが、しかしその本音のところは、はたしてどうなってるか、いくら異常気象で、冷夏だ、冷夏だと言っても、この上に陣どっている岩見親父の腹のうちが読めんなどということはないよ。

滝代は沼、池、河とはちがい、墓穴の底にあって、すぐにも汗に濡れてしまい、耐えられず、このまま交代もなしに、スコップを使わされてなどいては、ただ疲れはてるばかりで、ついには倒れて病院行きとなるほかないではないかという思いに捉えられ、交代、交代たのむと上に向かって、哀れにも声をあげなければならなかった。

しかし答は、なかなか上から降りてはこない。もちろん、それもそのはずで、まだ、交代時間は来ていないのだ。とはいえ、はじめのうちは、墓穴掘りも、交代なども、うまくはかどっていたのだが、墓穴と言われていたものが、次第に本物の墓穴らしい形に近づいて来るにつれて、なにか人々の心に奇妙に働きかけ、人々を墓掘人に近い存在に仕立てていって、死の影が辺りに動くかのように、掘りさげる地の底から、また上方に見える灰色のただ四角の天空からも、迫って来る。いっそ、墓掘人になっちまうか、御神霊講中の一人となっちまうかすれば、事はすむが、そうさせてしまうなど、岩見親父にあるわけはねえってよ。

滝代は、二度、三度、四度と声をあげたが、上から、よし、交代、という声は降りては来ないし、顔をのぞかせて、何だよと声をかけるものもいない。交代、交代たのむよ。彼は言いつづける。そして彼はついに、もう声が自分の口をついて出るのも、これが最後と、自分に言いきかせて、気をまぎらわせるほかないのである。蟲屋の虫の息とは、まったくこのことよ、と言いながら、彼は多くの蟲が、思い思いに鳴き、雨がやがて来るのを知らせているのを聞き、ようやく息をついた。

「ようしゃ、よし、よし。」という辰ちゃんの声が、ついに上から返って来た。それは滝代の腹の中に、十分に収まった。

「ようしゃ。おらが代ってやっから、あがれよ、あがれ。交代時間じゃねえが、上の様子も、滝代さんに見ていてもらいてえがや、……なあ、お釜掘りも楽じゃねえがや、墓掘りの方が、はるかに楽なもんじゃねえがや。そんだろう。」辰ちゃんは、極まったというように言ってみせ、墓穴の下り口の途中の急な坂になっている細い道のところを、踏みしめ踏みしめ下りて来る。それはやはり、いまでは、滝代の頼りにできるただ一人の男という感じを、引きだす。

「そうよ。もう、聞く耳は持たんことよ。岩見親父はな、親父のお釜は、辺りに聞えた名器、謙信様のものにも劣りはせん。朝、夕、二度のお手入れは、謙信様になろうて、必ず、お塩、塩といってはいかん、お塩、それもお甘塩のお上塩で、磨かせておるなどと近辺にふれさせておるのよ。その塩も、ちがった、そのお塩も、お甘塩のお上塩の一合や二合でこと足りん。朝夕で、一斗はいらぬが八升はいる。八升、これを十分に使わにゃ、上下で、磨きの足りんところが残る。八升は使い切れと、このようなことを、まことしやかに噂にのぼせようとしとるが、これこそ、嘘八升と、いうことだがや。」滝代は相手にスコップを渡し、溜っていた毒気を相手に吐きかけた。しかし相手は、それを避けず、それを上廻る、滝代の度胆を抜くようなことを持ち込んできて、その心を、ふらふらとふらつかせる手に出てくるようである。

「何が謙信様か。謙信の名を使いさえすれば、何を言うても、許されると思うとるが、ちがうが、ちがうがよ。岩見親父のねらいは、そう、もはら、女、女子の方よ。それはきまっとるが。滝代さんが、一番よう、見とどけてきて、まあ知らぬ顔をきめ込もうというようなこたあ、ありゃせんだろうがよ。そま子が、そのうち、ここまで来るというが、どういうことになるのか、こいつは、おっそろしいどこじゃねえよ。」辰ちゃんはスコップを土のなかに、突っ立てておいて、滝代の方に身を寄せ、次第にその声を低めようとする。

「え、そま子が、ここへ。そま子が、ここへ来るか。そういうことになるのかよ。やはり、そういうことになっていたのかよ。……そいつが、こっちは読めんでいたよ。そいつが読めんかった。まことにくやしいが。ここのところ、もう、浅瀬へ浅瀬へとも足が向いてたがよ、そま子のこと、そういうことになっていたのか。辰ちゃん、何をたくらんでるのよ。え、辰ちゃんよ。」

そま子が、ここに来る、しかも、そのうちにという辰ちゃんの言ったことが、滝代の頭をどやしつけた。それは、彼の考えのうちにまったくなかったことである。滝代は頭のなかに、辰ちゃんの言葉を一つ一つよく収めて、そま子と岩見親父の組み合わせについて考えを、つづけようとする。

「この辰ちゃんが、何をたくらむのよ。辰ちゃんの腹の中は、そりゃ、きれえなもんよな。信じれようが。……それより、そま子のこと、やはり、そういうことになっていたのかよ、と言わっしゃられたがよ。それは、なにを言うとらっしゃるのかよ、前から、そういうことになっとったと言うことかや。え、滝代さんは、そま子さんとは、いまも、つづいとると見とるがの、それがどうして、そないな、読めんでいたとか、読めんかったとか、何とか言わっしゃるのかよ。浅瀬へ、浅瀬へと、足が向いとったとかじゃ、わからんがな。肝心のところを、言うてもらいたいがや。え、こう、こう、こうと、こうなっとるぞという風によ。」辰ちゃんは、怒って、腹を突きだし、たたいて見せたが、すぐに怒りを静め、事情が、なにか、大きく変わろうとしていて、それに触れることのできないでいる自分のおさまらない心のなかを訴えようとする。

「ちょっと、待ってくれよ。辰ちゃん、ちょっと、待ってくれる、な。ここのところで、また、読み違えては、今日まで、ずっと、岩見親父に使われてきて、あの岩見親父のことなら、一から十までとは、いわんが、そのほぼのところ、一から十までわかってるはずの、この滝代が、いまは、生きちゃ、おらんのよ。滝代は、死んでしもうとるいうことになる。ちょっと、待ってくれるな。ほんの、ちょっとのことよな。あのそま子が、……そうか。そうか、そういうことか。よし。それでよしよ、……いや、そうじゃなか。いや、ちがうよな。それじゃ、ちがう。ちがうよ。ちがう。」

「よし。それでよしよ、……いや、そうじゃなか、いや、ちがうよな。それじゃ、ちがう、ちがうよ。ちがう。……もう、やめてくれえ。そんな、気、持たせることは、やめてくれえ。待つよ。待つと言うとるがや、待つからには、ように考えて、じっくらと考えて、考えて、その上で、出てきた、たしかなことを、聞かしてくれや。たしかなことをがや。そま子とは、ずっとあったと言わっしゃる滝代さんに、よう考えて出てきたたしかなことを聞くほかにないがや。滝代さんのほかのもんは、何も知っとらんとよ。女房のそま子をとられた狐島も岩見親父に、先手をとられては、もう手も足も出せんとね。」

「そりゃ、ほかのもんは、何も知っとりゃせん。……それよ、考えて、考えて、考え抜いて、相手は、こう来て、次にこう、こう来るとみせておいて、向こうへと道を切りかえ、その上で切りかえたなと思うとやな、もうその時に、また、元のところに、いつの間にか、出るという、そこら辺りのところを考えて、考えて、……そう、あのそま子が、やっぱり、そうか、そういうことか。そういうことやな。いや、ちがうよな。それじゃ、やはり、ちがう、ちがうよ。……これじゃな。……」

「滝代さん、もう、やめてくれ、もう、聞かん。辰ちゃんは、もう聞きとうない。なにも、聞かんでよい。何も知ることない。辰ちゃんは、この墓穴のなかで、ただ、じっとしとったら、それでええがや、そうじゃろが、滝代さん。」辰ちゃんは滝代の方にさらに身を寄せたが、そうして滝代は、辰ちゃんが地下深くその足を、蔦の根のように横に匐わせて、その両手を長々と蔦の葉のように彼の全身にからませ、身動き一つできぬようにされるのを感じていた。

「滝代さん、辰ちゃんは、この墓穴のなかで、ただじっとしとったら、それでええがや。あがれや、滝代さん、上へあがってくれや。」辰ちゃんは、長い沈黙の後に言った。辰ちゃんの両の眼が急にふくらみ、涙が雨滴のようにとまっている。

「辰ちゃん、どうした。辰ちゃんが、ただ、この墓穴のなかで、じっとしとったら、ええがや、など言うのを聞いて、この滝代が、それを放っといて、行けやせんよ。……とにかく、ここへ坐ろう、坐ってしばらく休むとしよう。お互い、疲れとるのよ。……休まんといかんがな。……」

辰ちゃんは、やはり黙りつづけていたが、やがて、こっくりと、肯いてみせた。そして滝代の身にまわしていた手を解き、下の土の上に尻をつけ、両足を投げ出した。滝代もまた辰ちゃんのした通りに、下の土の上に尻をつけ、両足を投げ出し、大きく息を吸った。タガメが死んでしまったよな。タガメがこの世から姿を消してしもうたがや、辰ちゃんよ。滝代は、すでに、頭をたれるようにして、うとうとし始めている辰ちゃんの方に向かって小声で言っていた。しかし彼は辰ちゃんのように、その細いよく見える眼に涙を浮かべることはなかった。ただ、彼のそのよくものを見ることのできる眼も、いまは、霞のなかに置かれているかのように、けむっていて、その蟲屋の眼力を失っていた。

図体の大きい男が、滝代の首筋のところを摑んで、ひったて、無言のまま、その右手に、スコップを握らせ、掘りつづけるように命じ、背筋のところを、ぐいと押す。滝代は、それに抗《あらが》い、手にしたスコップをその場に放り出そうとするが、背筋をとられた彼の身体は、いまや、彼の意志から、切り離されてしまっていて、スコップは彼の右手に吸い着いて離れようとしないのである。彼は全身の力を左手にあつめて、右手に吸い着いているスコップを取りはずそうとして、もがきつづける。

「いてい、いてい、いていがや、滝代さんよ、いていがや。やめてくれや……やめてくれや。」

滝代は自分の耳元のところに一匹の大虻《おおあぶ》がうなりを発して通り過ぎるのを聞くだけである。……図体の大きい男は、今度は、彼の耳に手を寄せるや、彼の耳を持って、彼の身体を宙につり上げるのである。彼はたちまち、全身の力を集めていた左手が、力を失い、だらりと垂れさがっていくのを、知らされる。彼にできることは、いまや、宙に浮いた両足を、ばたばたさせて、男の身体を蹴りつづけるだけである。

「滝代さん、滝代さん、いていがや、え、滝代さん、やめてくれや、やめてくれ、なあ、滝代さん。」辰ちゃんが大声で言っている。

滝代は、ようやく、その声で、眼をさました。

「辰ちゃんか。そう、辰ちゃんよな。夢見てたがな。考えてみるとこの心にやはり油断があった。」滝代はいまは、眼をしっかり開いて言った。

「滝代さん。滝代さんも、疲れてなさるのよ、疲れがな。……辰ちゃんには滝代さんに、油断があったなど思えんがな。」

「そうか、辰ちゃんは、そう思うのか。しかしたしかに油断があったな。辰ちゃん、もう、掘るのはやめに、するぞ。辰ちゃん、わかるか。……疲れが出て、それで掘るのやめにするというのではない。そうではないと、わかるね。」

「わかりはせんがや。もっと、ちゃんと、わかるようにしてくれんと、わかりはせんがや。滝代さん、油断があった、油断があったなど、辰ちゃんは言うてほしゅうはない。」

「よし、わかったよ。もう、言いはせんよ。しかしな、もう、ここはこれ以上、掘るのは、やめにするのよ。……辰ちゃん、この下へと、またこの横へと、これ以上、深く掘ったら、必ず、骨《こつ》が出てくるよ。……頭蓋骨が出て来る。背骨が出て来る。下顎が出て来る。」

「滝代さん、もう、やめてくれ。わかったよ。よって、もう、それでおいて、やめてくれ、いいな、でも辰ちゃんは、もう何が出ようと恐うはないがや。……」

「辰ちゃんは、もう恐うはないがや、というのが、一番よ。辰ちゃんが恐いとなったら、もう、それで、岩見親父の思う壺の一つにはまることになるのよ。岩見親父は、もう、少し深く掘らせて、骨が出て来るそれを待っていたのよ。……これは、間違いじゃない。これぐらいのことは、もう、読めるのよ。辰ちゃん、滝代も十二分に読みに読み込むよ。」

「滝代さん……、それで、滝代さんも、元の滝代さんにお戻りなされたがや。……そりゃ、さっきは、辰ちゃん、もう、だんだんと心細うになってしもうて、どうしようか、滝代さんの身体に組みついて、揺すぶって揺すぶってすれば、どうにかようなって、くださるかと、思うたりしてよ、……辰ちゃんもこれでほっとしたとよ。」辰ちゃんの顔に、またその腕に血の色が通ってくるのが、見えるようである。

「そうかよ。辰ちゃんのいうこれがたしかと手ごたえのあるところへと、行きついて、その関所の辺りに、こっちも、少しずつ出て行かずしては、勝てはせん、……まだ、事を投げてしもうてはおらんゆえ、少しは、心の方も安らいでほしいのよ。」滝代は、ようやく、この辰ちゃんと自分との間に、通い合うものが、ほんの少しではあるが、生まれて来ているのを感じる。それは、これまで、この墓穴の土の上にも、上の四角の灰色の天空のなかにも、見出すことのできなかったものである。

「滝代さんは、この前の落雷の時、あの岩見親父が雷に撃たれて、それでも、生き返って来ると、知っておいでになったとね。……え、どうして、それが、滝代さんには、わかった、え、どうしてわかったがや。」

「どうしてということもない。岩見親父は、昔から、雷よけの着物をつくって雷時には、いつも着ているからよ、雷に撃たれたりは決してせんのよ。昔、蟲屋をしていた時、思いついて、自分で雷よけの服をつくった。いまは、落下傘の生地の下に雷よけの生地を縫い込んでいるもんで、軽々と動けるのよ。……あの胸を、掻きむしって見せたりしていたのは、雷に撃たれて、倒れ込んだ振りをしていただけのことよ。雷に撃たれた、あの身体の臭気なども、もちろん、ちょっとした薬品でもってつくっていたわけで……、岩見親父は、みなを、殺人者にする恐ろしい計画をたて、落雷の毎日つづくこの時期を選んでそれに見事に成功したのよ。しかし辰ちゃん、まだ、気を落してはいかん。どうあろうと、あの岩見親父の手から逃げ出さんことにはな、必ず、逃げだすのよ。必ずよ。この俺のする通りにして、俺について来るのよ。さあ、わかったら、このままにして、上へと上る。よいな、辰ちゃん。ここで、くじけてしまったりでは、おわりだからな。よいな。」

この谷間の奥地は、土地は狭く、山と山とに挟まれており、しかも下手の渓流からも、かなりの距離にあって、米作耕地は、山の尾根から流れ落ちる細流の両側に、ごく僅かしかないという、これ以上の悪条件のところは、ほとんどないといってよいような地方である。日の当る時間が、夏期において、一日、五、六時間という、この地方に生きるものの上にのしかかる生の暗い重みが、多くの人々をここから逃れ去らせた。

ここを去って、しかしその途中、渓流のなかに身を置いて死んだという噂。しかしそれが自殺なのか事故死なのかなどは、問われることもなかった。行き暮れて大阪方面をうろついているという噂、一旗あげたが、たちまちにして、地底に埋まってしまったという噂、しかしその噂さえも、とどかず、湿った影のただなかに消えたものが多かった。もっとも若い者には、はやく東京へと出てしまっているのがいることはいるのだが。

そして或る年の或る日、この金の蟲、岩見東太郎が、帰って来て、ここに残っていた人々の暗い重い生を一変して、ここに赤々とした日の沈む太陽の光を輝かせて見せたのである。それは東の山の山頂を染めるようにして出る日の出の光のとどく辺り一帯に、太陽が木の葉末をくぐり、もれる光の束をもたらし、稲の真直ぐにのびた青い穂を風とともに撫でるようにして、色づかせ、蛙、蜩《ひぐらし》、地虫、小鳥などを合唱させるのとは、全くちがっていたが、とにもかくにも、みなはこの男によって、重い暗い生のなかにも、これまでとはちがって、一つの光輪のあることを見ることとなったのである。とはいえ、その一つの光の輪が、ほんの僅かの間、燃えさかり、廻りつづけて、みなに希望と期待をもたらすと見せて、逆に人々を奈落へと導くものであるとは、人々は知りはしなかった。

男はいまも蟲屋は蟲屋であったが、金の蟲屋に変わっていて、最初近くの中都市のビルディングの四階の一室に庶民金融の事務所を持ち、たちまち、それを十都市のビルディングの事務所に増やしたといわれる。男がこの山間の奥地に帰って来たのは、この谷間の渓流沿いに、公共事業費によって国道がつけられ、この南と北を結ぶ新道路によって、これまでに必要とした時間が極度に短縮されるという情報をはやく手に入れていたのである。男はすでに、この道路工事の下請けの代表五人のうちの頭となったといわれていたが、男がこの山間の奥地の人たちを手なずけ、その土地を手に入れるのに、それほど手間どることはなかった。男は夜間にトラックで粘土を運ばせ、山肌の窪地に埋めさせておいて、窯をつくらせた。人々は眼を光らせて、男がつれて来たやきもの師が火を入れるのを見ていたが、男がみなとともに共同事業をおこし、やきものでこの荒れた村に人が訪ねて来るようにしたいと申し出ると、すぐにもそれにのるのである。人々は土地を男に提供し、男に金の融通を受けた。男に金の融通を受けた時、人々は、男に自分を売り渡し、買い取られたも同然だった。

滝代は辰ちゃんが、ただ、息をのむようにして、彼の言うことに聞き入り、ついに何事についても、問いを発したり声を出したりすることなく、顔を固くして、大きく肯くのを見届け、先に立って、墓穴の外へと出て行った。すでにそこには大きいサン・グラスを掛け、赤と白の縦縞のローンのロング・スカートを着けたそま子が来ていて、まずそれが、二人の眼をとらえた。黒大理石の石囲いがあり、そのなかに同じ黒大理石の大墓石の墓が、一基中央に、そびえ立つようにあるだけで、後は色の変わった小さい墓石が、それを取り囲むようにして、しかもいまにもくずれるように並んでいる墓地には、黒く色を変えた落葉が、墓地一面を、冷々としたものに化している。その墓地のなかのそま子は、かつてここには現われたことがない派手というだけでは、おさまらない姿の一つといってよかった。

そま子は板囲いの前に突っ立っている岩見親父に身を寄せ、板囲いのまわりに坐り込んで、酒の瓶に身をとられている男たちなどには眼もくれないというかのように、煙草を口にもっていく。

「はやく、こちらへ来るのよ。この寝棺のそばに集まるの、わかった。」金属的な声が、その大きな口から二人の方に向かって放たれる。見ると、白木の横幅広く、長い寝棺が、板囲いの左手、墓穴に近い、背のひょろりと高い、対になったくぬぎの木の手前のところに運ばれて来ているのである。

「ここへ、この棺の前に来て、おならび。さあ、そこの、いつまでも酒瓶を離すことのできん男たちも、ここへ来てならぶのよ。さあ、はやく、はやく、ね。」彼女の声は一層高くなる。

そして滝代は、その声をきいて、彼が岩見親父に、たたかいを挑んで、敗けた哀れな敗北者にすぎないことを知らされていた。もちろん、他の者に離れて板囲いの戸口の柱に身をあずけ、コップをつき出すようにして、構えている狐島も、もはや、なお立ち上がる機会を捨てていないとはいえ、明らかに岩見親父に完全に支配されてしまっているのが、じつによく見えている男にすぎないのである。

「さあ、いよいよ、岩見東太郎の埋葬がはじまる。え、これが、聞こえねえってのか、岩見東太郎の埋葬が見たくねえのか……。みな、その寝棺の前に並ぶんだ。狐島さんよ、みんなを、ここに一列に並ばせるんだ。わかったな。わかったら、はいと返事するんだ。余分のことはいらねえ、ただ、はい、これだけでよい。」岩見親父は言ったが、その背筋を伸ばした身体は、大きい上にさらにぐっとのびたという感がある。

「はい。」狐島は、言われたように、はいとだけ答えた。そしてやはり狐島なのだ。すぐにも、ぐずぐずしている、みなのものを、寝棺の前に一列にならばせる。

「順序は、それでよい、順序はどうってことたあねえよ、さ、狐島、やはり、やるじゃねえか。……狐島、返事せんか。はいといえ。ただはいといえ。ただ、はいだけだぜ、よ。」

「はい。」狐島のはいには、力がはいる。その身体は、その心を確実に裏切って、固くなりはじめる。

狐島は、列の最右翼にいる。岩見親父は、まず狐島の前に立つ。「言うとおり答えるんだな……何一つかくさず、しかも簡単に、できるだけ簡単にやってもらいてえな。岩見東太郎の埋葬がひかえてる、よいな。」

「はい。」

「狐島、手前は、後廻しよ……罪の重いのは、後へと廻すことにしてな。……」岩見親父は、すぐその横の尾畑の前に立つ。「尾畑、よいか。」「はい。」尾畑は、直立の姿勢をとって答える。

岩見親父は、尾畑との間の距離をとり直した。後に両腕を組んでみせる。そま子は、ようやく板囲いのなかの乱れた酒瓶、茶碗、コップなどを整えていたが、走りよって、岩見親父の近くに身を寄せようとした。しかし岩見親父はその方には顔も向けず、右手を大きく振って、それをとめた。「そっちに、いてもらおうよ、そま子……そう、こっちへは、こん方がよい……その辺りで、みながどういうことになるか、よく、見届けておいて、もらいたいな。」

「はーい、ここから、ちゃーんと、一人一人がどういうことになるか、この眼で見届けて、おくからね。」そま子は、岩見親父の後方に立ちどまって、言っている。その極上の着けているものの薄い生地は、真白の下着を生ま生ましく透けてみせる。彼女は煙草に火をつけた。

「尾畑、お前は、あの落雷の時に、この岩見を殺ろうと考えた……な。……どうなんだ、……まことを言わねえと、許さんからな。この岩見を殺すことを考えたな。はいか、いいえか、このうちの一つで答えろ。」

「はい。」

「自身でそう考えたのか、それとも誰かに、煽られたのか。煽られたら、煽られたとはっきり言え、狐島に煽られたな。こいつも、はい、いいえ、でやってくれ。」

「はい。」

「よし、わかった。」岩見親父は、一歩前へと進み、尾畑の顔にじっとその両の眼を据える。尾畑の身体は、ひとりでに硬ばり、固くなり、ついには、前後に揺れはじめる。

「お前は、殺しの手先をつとめたのよな。」岩見親父は言い、はいという答が出されると、右手を大きく動かした。ついに尾畑の身に何事かが起こったと、列の最も後に並んで立っていた滝代は見たが、それは間違いだった。尾畑はそこに依然として、変わりなく無事立っている。岩見親父はすでに次に移っている。

　平林、下木爺さんと、岩見親父は、次々二人の前に立ち、前と同じ問いを出して、「はい。」「はい。」「はい。」と言う三つの答を二人から出させるのである。そして岩見親父は右手を大きく動かす。しかし二人の身にも、何事も起こりはしないのである。つづいて辰ちゃんの番である。

「辰、……お前は、あの落雷の時、この岩見を殺ろうと考えたな。」岩見親父は言った。

「へえ。」辰ちゃんは言った。

「へえとは、なんだ。はいとは言えねえちゅうのか。え、はいと言え。」

「はい。」

「狐島に煽られたな。」

「へえ。」

「誰に言ってやがる。へえとは、何よ。辰の野郎、ただじゃおかねえぞ。はいと言え、はいと。」

「はい。」

「辰、お前は殺しの手先をつとめたな。」

「はい。」

　岩見親父は、その右手を大きく動かした。しかし辰ちゃんの身にも、何事も起こることはなかった。そして岩見親父は狐島のところに戻って行った。やはりこの俺を一番最後に廻しやがったな。なんなりとやってみろや。滝代は考えていた。みなの吐く息が、耳をとらえる。狐島の顔の色が少しずつ変わっていくのが、ありありと見える。岩見親父の声は、重々しくなる。

「狐島、手前は、この岩見を殺る計画をし、みなを煽り、そいつを実行した。」

「はい。」

「手前が、一体どうなるか、もう、十分考えてるな……」

「……………」

「なに、返事がねえのか。……よし、それじゃしばらくそのままで待ってるんだぜ……よしか。」

岩見親父は狐島の前を離れて、滝代の前にやって来る。

「滝、覚悟はできてるな。手前は、この俺が雷に撃たれることなどねえことを、知っていやがってからに、なぜ、みなに、そう言って、事をとめねえのよ。え、蟲屋には蟲屋の掟があったよな。生き物は、向こうから害を加えて来ん限り、殺してはならんという掟が。手前、それを、どこに落してしまいやがった。この俺が憎いか、拾われて、生ぐせえ蟲の匂いを身につけてひとに嫌われる蟲屋などと、されてやな、いまなお、独り身でいる、おのれが、いとしいのかよ。……しかし一すくいの田畑もない身が、ほかに、何になれるのよ、え、このこたあ、もう、言わずと、わかっとろうが、わからんとはいわせん。おのれが、いとしい。ただそれだけでこの世が生きられるか。返事ができんのか。よし、返事ができるまで、そこで、じっと待っていろ。」

滝代は横を向いた。すると岩見親父の大きい拳が彼の横顎を突き上げ、彼は寝棺の横に打ち倒された。それは彼が岩見親父が蟲屋だった時、よく見舞われた烈しい拳だった。背骨が上に突き上げられると思えるほど、全身が、仰向きに土の上に投げ出され、彼はしばらくの間、呼吸ができず、両手両足、全身を痙攣させて、そこに横たわっていなければならないのである。

岩見親父は、再び狐島のところに行った。

「狐島、手前が、一体、どうなるか、もう、十分考えとるな。覚悟できたな。」

「はい。」狐島は言った。

「滝を起こして、立たせろ。それから、みなを廻れ右をさせて、寝棺の方に向けろ。」

滝代が起こされ、ふらふらしながらも踏んばってそこに立ち、みなが、寝棺の方向に向きをかえて並ぶと岩見親父は、そま子を呼んで、板囲いのなかにはいって行ったが、やがて彼はそま子が用意してきた真白の屍衣を着けて出て来たのである。赤と白の縦縞のロング・スカートのそま子が、うつむき加減の姿勢でつきそい、彼に煙草の箱を渡し、彼が一本口にくわえると、火をつけてやった。そして、みなの方に向き直ると、サン・グラスを手のなかに収めて、「ただいまより、岩見東太郎の埋葬を行ないます。みなさん、ようく、お見届けになられますよう、願い上げます。」と大きい口が、大きく開くことがないように努めて、暗誦するように言うのである。「もうそれでよい。少し後の方にさがって、見ていてもらいたいな。」岩見親父は放っておくと出すぎて儀式を台なしにする恐れのあるそま子に注意をし、そま子は、いまは、その言うところに従って、殊勝げに下って行くのである。

「さあ、岩見東太郎の埋葬よ。」屍衣を着けた岩見親父は、寝棺の横にしばらく立って煙草をふかしていたが、煙草を土の上に捨てるや、靴を脱いで、寝棺の中に、身を翻すようにしてはいり、その端のところにすっくと立った。

あ、と滝代は、短く音を口から発していた。その時、この山際の小さい墓地に、まぶしい日が射し、小雨が音をたてて降り出し、墓地が、そして一つ一つの、なお形のある墓、すでに形をなくした墓が、そしてそこに生い茂った、いたどりその他の草々が一斉に、一種の合図を送ってこの山のなかの蟲類生き物、すべての呼吸を、この辺り一帯に寄せ集めようとしているように見え、滝代は、息をのんだ。しかし山の日射しは、すぐにも消え去り、雨の量ばかりが増して来る。

するとと立っていた岩見親父の身体が、棺のなかに消える。そして棺のなかから彼の声がする。

「さあ、みな、こっちへ寄ってくれ。この棺のそばへ来てくれよ。」

みなは、不審気に、向こうに立っている、そま子に頭を下げておいて、白木の棺に近寄り、なかを見たが、そこには、屍衣をつけた岩見親父が、身体をのばして、仰向きに寝ているのである。しかしその眼は、すぐにも大きく異様に開く。

「さあ、そこにある酒の瓶と煙草の箱を、六個ほど、このなかに入れてくれるか。それから、この横にたてかけてある棺の蓋をして、そこに鉄槌と釘が用意してあるから、蓋に釘を打ちこんでもらいたいね。」岩見親父の言葉が、冗談でないことは、その声のきびしい調子によって明らかである。しかし誰一人として自分の立っている場所を動こうとするものはいない。

「さあ、はやく、やってくれ、はやく、やらんか。……え、やれんのか、がんと釘を打ち込むのよ。……」

しかし依然として誰一人棺に釘を打ち込もうとするものは、出てこないのである。

「はやくやらんか。え、これがやれんのか。え、これで、終わりだぜ……、え、やれんというのか……。よし、それなら、やってやらあ、この俺が、みなに代ってやってやらあな。」岩見親父は、棺のなかに立って、たちまち、外に飛び出るや、屍衣を脱いで、棺のなかに収めて棺の蓋をし、「岩見東太郎よ、ゆったりと眠れよ。」と言いながら、鉄槌を使って釘を打ちつけていった。

「さあ、いよいよ、埋葬となる。……みな、手伝うてくれ。そま子、お前も来て見届けな。」岩見親父は板囲いのなかにはいって行って、元の岩見親父の姿にかえって出て来ると言い、その大きい寝棺を、片肩にかつぎあげると、墓穴の方へと、走りだした。みなは、おくれまいと彼の後について走ったが、彼らが墓穴についた時には、すでに岩見親父が寝棺を墓穴に収め終わろうとしている時だった。棺は用意されていた細紐で結ばれ、まず、その頭部が北枕になるように岩見親父一人の手で墓穴の底にと下されたが、足部の方は、ようやく着いたみなの手で、静かに墓穴の底に収められた。

岩見親父は、墓穴のところにしゃがんで、しばらく瞑目していたが、両手で土をすくうと棺の上にかけた。

「タガメ男、岩見東太郎は、ここで眠るよ。」岩見親父は言い放った。

滝代がつづいて、両手で土をすくい、棺の上にかけた。つづいて狐島が両手で土をすくい棺の上にかけた。そして、みながつづいて両手で土をすくって棺の上にかけ、さらにスコップで墓穴を埋め、そこに土を盛った。

雨ははげしくなり、みなの着ているものを濡らした。

「これはな、タガメの墓でよ、そしてからに、タガメ男の墓よ。」みなのなかに立ち上がると、図体が急に大きくなる男は言って、歩き出そうとした。しかし、しばらくの間、動くことができなかった。

「タガメの墓、タガメ男の墓。」滝代は声に出して言い、いよいよ重みの限りなくのしかかってくる身と心をようやく支え、みなの先にと立っていた。

# 青粉秘書

わたしが、その男行田陣太郎氏に会ったのは、この地方の湖の生簀網《いけす》が柳刃《やなば》（刺身包丁）で、ずたずたに切り裂かれる事件が起こって、間もない頃のことである。この種の事件は、これまでにも、同じ湖で、すでに、ここ四、五年の間に、四度ほど起こってはいたのだが、今度の事件が漁民ばかりではなく、湖岸にひろがる小さい市街地ではあるが、市民の多くの者にもかなりはげしい刺戟と衝撃、またまったくその反対の快感とさらには喝采さえも、もたらしたのは、それがこれまでの事件とは、ちょっとばかり異なったさまをした経過のなかで起こされ、十人を超える県の警察官の捜査が行なわれるようなことが生じたりしたからでもある。

事は、ほぼ、このような次第である。事件の起きるその夜の夕刻頃、被害を受けることとなった、生簀網元の責任者のところに、役所勤め風に丁重でもなく、またやくざ風に荒れてもいず、セールス風に、まことになれなれしい調子で、「ちょいと、お忙しいところを、すみませんが、お宅さんも、鯉《こい》の生簀網の養殖をおやりになってられますね。……そのお宅さんの鯉の生簀は、どの辺りのものでしょうか……、ちょっと、お教え頂けませんかね……」と電話がかかって来たという。その生簀網元が、網は、どこそこの、もっともはずれのところにあるのが、それだねと、生簀網の在処《ありか》を教えたところ、その夜、網は、いたるところずたずたに切り裂かれ、キロ物鯉、一万二、三千匹どころが生簀網から行方知れずになり、網の内はアオコの緑に染まった水ばかりになっていたという。

切り口は鋭く、柳刃のほかに、そのような切り口を見せるものは、考えられないと、その網元は言い、調べにあたった漁業組合の人々も、それに同意した。網は、大きく切り開かれた箇所が、あまりにも多く、取り替えなければ到底、使いものにならない有様だったが、警察の現場検証がおわるまでは、手をつけるわけにはいかなかった。切られた生簀網の一面（生簀網の一区画）のなかの鯉は、出荷寸前のもので、切った者は、それを十分知っていたものと考えられる。出荷寸前の脂ののったキロ物鯉は、一キロから、一・五キロほどのものばかりで、その損害額は三千万円を下ることはなかった。

網元はすぐに漁業組合の役員たちに知らせ、現場調査の上、対策をたて、警察の捜査もまた行なわれたが、網を切る仕事は深夜に行なわれ、それを見たもの、また、その推定の時間帯に舟を出した者の姿をとらえたものがいないか、その聞き込みもひそかにすすめられた。しかしそれに応える者は一人として出てくることなく、確とした証拠が出ないままに、捜査は、一頓挫ということとなった。

電話を、わざわざかけて来た。もちろん本人の声ではない。しかしテープにとって、証拠物件として、備えているわけでもない。おおよその見当はついているとはいえ、いかに踠《もが》こうとも、証拠となるものを取りそろえることができなくては、手の出しようはない。街では、いまも、この事件の話がよく出たし、その上、いかにもまことしやかに、いまにも犯人が逮捕されることになるなどという噂も流れていた。

もちろん犯人のねらいは、出荷直前のキロ物鯉の生簀網に向けられている。そこで他の生簀網の網元たちも、同一犯人か、あるいはその仲間内の手で、自分たちの網に同じことが起こされるのを恐れて、夜には舟を出し、自身もそれに乗り込んで、警備をつづけた。しかし生簀網に近づくものは、一人としていなかった。

生簀網は湖の中央部近くのところにつくられている定置網である。二、三十組の網元が、その網を所有しており、稚魚は、孵化を行なう他県から買い入れている。飼育期間中、餌料を与える時間帯が非常に重要で、何度か失敗を重ねたが、いまでは飼育餌料（ペレット）の自動投入機を備えることによって困難を切り抜け、稚魚の間は一日八回、成育魚は、一日四回、九時、十一時、一時、三時の二時間おきに、二十分間、網のなかに難なく投げ入れ養殖するのである。

生簀網は、一面、二面、三面、四面……と面を単位として、結合されている。その一面は、縦二メートル、横二メートル、深さ二メートルから二メートル五〇センチの立方体の網で成っていて、この一面を八体ほど縦長につないだものが生簀網として使われる。生簀網の水面に出ているところは、縦横に網板《あみいた》を渡して通路がつくられ、短い筒を突き出している自動餌料投入機が通路の四カ所に据えられている。その他に餌料袋、餌料箱、網、紐などを置く場所が、通路の中央脇のところにある。そこにはブルーの色をした生簀網には少しハイカラすぎるアーケード型の日除け、雨除けの、板張りの、それでもちょっとした工夫をこらした、小屋と言うよりほか言いようのない、造作が置かれる。

モーターが動き、自動餌料投入機が作動して、生簀網の一面の中心辺りにペレットが投げ入れつづけられる時、網のなかを泳いでいた鯉は、すでにモーターの音を聞きつけるや、一面の中心のところに集まり始める。鯉の群は重なり合うようにして、一ヵ所に黒々と集まり、背を空中に突き出して体をぶつけ合い、自動餌料投入機が、餌を投げ入れるのを中止するや、たちまち網の間へとひろがって行くのである。

わたしが、行田陣太郎氏にはじめて会ったのは、倒産直前の湖岸のメッキ工場を買収した、南部産業グループの本社工場より派遣され、いまは工場の責任者として、ようやく工場経営の建直しのめどをつけるにいたった、三村社長代行の応接室でのことである。ここでも、この生簀網切りの一件が、話題にのぼっていた。

わたしは、行田陣太郎氏に会う前に、この人について、多少のことを聞き込んではいたが、それは、彼が、辺り一帯を占める田畑のなかを掘りつづけ、いまに温泉が湧出するにちがいないとかたく信じ込み、何度となく掘りすすめ、湧き出す水温は一八度ぐらいにとどまり、温泉法で定められている二五度という度数についに達するに至らないにもかかわらず、ついには温泉脈を掘り当て、その湯の湧き出ているところへと行きつく道沿いの土地をすべて買い占めて、将来に期しているというほどのことぐらいであった。変わり者ではあるが、愚人であるか賢人であるかは、ひとによって判断がことなる、とはいえ前者、愚か者との判断がおおよそ、この人を蔽っているといってよいようだった。

わたしは、ドアをノックし、返事がないにもかかわらず、なかにはいって、来客のあるのを知り、あわてて引き返そうとした。しかし東京の若衆連の着けているのを、上廻るほどの赤い上衣と赤いズボンを着けた、その客の顔の色が、着けているものの色に染まっているかのように、真赤になっている髪の毛、眉毛、睫毛《まつげ》、高い鼻骨などの強い力に引きとめられて、その場に立ち止ってしまった。

「社長代行さん、もう、引き上げるがよ、釣りの成績の方が、はるかに上々と見ているが、これは、否とは、言わせはせん。ロボットの導入による人件費の大幅減、製品の精度の高度化もまた着々とすすんでおりまして、当工場も、月々、黒字幅を連続、ひろげておりますよと、そればかり聞かされたんでは、心ふさがるばかりぞ。」赤ずくめの男が言っていた。

「そのように、お出なされたんでは、工場の方の話は、もう、一切出さずにおきましょう。さようなんで。ここでも、昼の休みには、釣りの話でもちきりで、何といっても竿を手にして、出かけて、三十分間で、二、三十四のキロ物鯉を釣りあげて、かえってくるんですものね。こんなことを言い合いましてね。……鯉さんよ、こいこい、こいこいと、こう呼び込むと、もうこいこいにつきがまわってきたようなもんじゃないか。こんな騒ぎが、一日一日、昂じて来ると、おかげで、工場の方も勢いづいてね。いや、これはいけません、行田陣太郎様、工場のことは、禁欲、禁欲。」

わたしは、この時、この部屋の窓辺に近い、肘掛椅子に掛けている赤ずくめの男が行田陣太郎氏であることを知ったのである。

「禁欲か金欲かわかりはせんが、一万三千匹のキロ物鯉が網から逃げ出るからには、いまが釣り時だと、僕は、街中に、ひそかに触れを出している。」

社長代行は、この時、わたしに、部屋から出て行くように、太い手を振った。それは工場内ではげしい勢いで振られる力のある手である。すると、工場内の人々は、この手のままに動くほかないのである。わたしはその振られた手のままに動くことはなかった。その赤く染まった男に眼つぶしをくらったような状態に、一瞬なっていたからである。

行田陣太郎氏は、話を温泉脈の方へ移そうとして、温泉脈を、電磁波法などで読みとる方法があると聞いているんだがと切り出したが、社長代行は、それに乗ろうとはしなかった。いろいろの方法が開発されているでしょうが、前から申しているようにそれは、自分の専門ではないので市の温泉部の技師方に御相談なされてはと答える。

「そいつは、よすことにしている。……いくら掘り続けようと、これ以上温度の上がる見込みはないとの、おみくじが出るだろうよ。」

社長代行はそれには返さず、工場の方へ出なきゃならんのでと椅子から立ち上がる。

「さようでしたな。ロボットと仲よく、御過ごしになる御時間でしたな。……ところで、そこの兄ちゃん、東京者らしいが、立ち聞きはおやめなされ。」行田陣太郎氏は、後に残っているわたしを追い出そうと試みる。

わたしは、自分でも思いのほか素直にわびた。行田陣太郎氏は、表情に出して不思議そうに、東京者も変わったねと言った。その東京者などとは言わないで頂きたいものですと、わたしは返した。

「わたしは東京を捨てた人間ですよ。」

「なに？　東京を捨てた？　そういうことだったか。よし、よし。」行田陣太郎氏はこう言っただけだった。

「それで、この地の温泉脈のことなども、少しは知っていますよ。三十何年前ここで生まれ、二十四年間ほど、ここですごした人間ですから。」わたしは言った。

「江橋君、一緒に出よう。」社長代行がわたしに眼くばせして言った。

「いや、少しこの部屋と、そこの御方を貸してもらえるかね。」行田陣太郎氏は言い、社長代行が、何も言わずに出て行くと、わたしに向かって、「じゃあ、行くとしよう。」

工場の門のところには、すでに車が来ていた。わたしは行田陣太郎氏の温泉場に連れられて行ったのである。そしてわたしは行田陣太郎氏が、広大な土地と多額の資産を父親から受けついでいて、愚か者という種類の噂なるものは、むしろ彼自身が求めて、誘いだしているのであって、実際はその噂の下で、大きな力をその近辺に揮っている男であることを、知ることとなるのである。

わたしは行田陣太郎氏の傍に身を置いて、その赤い衣装（まったくそう呼ぶにふさわしかった）に、当の御本人が赤く染まっている以上に赤く染まりそうに思えて、一風変わった酔心地のなかに、いまにも引き入れられそうで、それと抗《あらが》いつづけた。ついに私は車をとめてほしいと言おうとしたが、その時車はちょっとした傾斜地にさしかかり、その右手に建っている行田陣太郎氏の大邸宅の傍を通りすごした。

黄色い稲穂の頭を垂れている田がつづき、その少し山寄りのところに建てられた邸宅は、屋根瓦だけは、新しい特別製のものと取り換えたのだろう、厚味のある赤瓦だったが、その構えは、他の地方の大地主の三重屋根の屋敷のそれと、かわるところのない、まさに屋敷と呼んでよいものだった。ひろい庭は灌漑用水路をへだてて、一段高く、しっかり固められていて、右手奥の納屋との間を、自生したかのように胡桃《くるみ》、栗、柳などの古木が、そして近くの大きい門構え寄りには、梅、杏子《あんず》、桃、さらに葡萄《ぶどう》などが見られた。邸宅はあまり高くない槙の垣根でかこわれていたが、その槙の間から夕顔の花が、力の余ったような顔を出していた。

車はこの邸宅の門の前でスピードを落しはしたが、とまることなく邸宅を後に残して、温泉場へとついた。その間行田陣太郎氏は、まったく口を開かず、わたしもまた、彼に命じられでもしたかのように、同じように黙っていた。運転手は、崖下に建てられた温泉場の手前のところで、うやうやしく二人を降ろすと、すぐにも去って行った。もっとも温泉場といっても、外見は、じつにみすぼらしい、農機具置場の破れ屋という感じを与えた。しかしそれは外見だけであるということがすぐ明らかになった。まず、第一に、この内を覗き見ることは、如何なるところからも、また如何なる方法をもってしても、不可能なのである。この建物の一角を破壊するほかに、そのなかに入ることは、不可能といってよく、建物そのものが、堅牢な建材で固められていた。

しかし開いた引き戸をはいって足をそのなかに一歩踏み入れるや、靴脱ぎ場はもちろん、樫材の廊下がつけられ、休憩室、訓練室などが、左手の浴場のすぐかたわらに付設されていて、一流の温泉旅館の屋上などに備えられている個人専用の浴場など比べものにならないほど広々として落ちつきのある浴場なのである。

行田陣太郎氏は、いつの間に着換えたのか、車の中だったのだろうかと、思い直さなければならないほどの速さで、着ていたものを換え、田舎の地主にふさわしい、しかも、気楽な服を身につけていた。しかし、裸は一挙に二人を身近に近づける。

行田陣太郎氏は脱衣場の籠に着ているものを投げ入れ、一緒にはいるようわたしに言った。私は、ためらったが、すぐに裸になり、浴場にはいり、体を洗い、その円形の風呂のなかで身を伸ばした。行田陣太郎氏は、円形の風呂の向こう側に身を伸ばし、わたしは遠くはなれて、こちら側にいるのである。すでに五十を幾つか越えているにちがいないのだが、行田陣太郎氏の全身には老化の兆しなど、見られず、筋肉はしまり、手足は、敏捷に動き、臀部も決して大きいとはいえず、欠点があるといえば、その怒り肩という一点を数えるだけだろう。わたしは、彼のその身体を一見して、近づくのを、はばかった。

「この湯はどうだね。最初の感じを言って貰えんかね。わたしは、いつもまずこれを聞かせてもらうことにしている。」行田陣太郎氏は湯気をかきわけるようにして、声をかけた。

「いい湯です。これにつきますよな。」わたしは言葉少なく答えて黙った。わたしには、捨ててきた東京について語る言葉はなかったが、また帰って来たこの湖岸の街にかかわり、口に出す言葉もないと思えた。

「あの湖のアオコに、あてられたようじゃないか。しかしあれぐらいのことで、そう肩を落としていて、どうするかね。これから、君の前にはもっと、変わった、いろいろのことが現われる。生簀網が柳刃で切られた事件など、もう話の種にもならぬというほどなやつよ。」

「…………」

「湖は、窒素《ちっそ》、燐《りん》による湖水の富栄養化によってプランクトンが発生して、あのように、すき透っていた水を緑色に変えてしまった。」

「植物プランクトン、ミクロキステス、アエルギノーサ、藍藻《らんそう》の一種であって……」

「学問をしたか、……だがな、それほどのことは、この僕も承知している。最近では藍色細菌としてアナキステスと呼ぶこともある。藻類のうちでは、もっとも細菌に近い。……こうだね。……湖はアオコの難でもって、観光客は年ごとに減る。湖岸の精密工業また振わず、街はかつての街ではない。さびれはてている。君は、この街に生まれたというが、この街と同じようなことになっちゃあ、いかん……」

「この街で生まれた者ではありますが、いまはもう、この街からは遠くに離れてしまいました。」

「相当、街を歩き廻っておいでのようだね、そうだろう、情報屋さんというところかな。そういうことでしたか。……それじゃあ、当然、情報屋さんに僕の本心を語ることはできんのだな。」行田陣太郎氏は、突然、ひとをからかう調子になる。

「情報屋さん？　その、情報屋さんといわれるのは、何でしょうかね。いいえ、そのようなものでは、絶対、ありませんよ。」わたしは、怒りに衝きあげられ、それをようやく制したのである。しかし行田陣太郎氏は、それにかまうことはなかった。

「この湖は、すでに老年期にはいっていて、そのうちに、湿原となる、さらにその後には、陸土と化する運命にあると結論されている。僕は事業を、この湖が推移するその果てのところに立って、すすめている。湿原となる時期は、はやく、その湿原の期間は長い。陸土と化する時期はおそく、陸土となって、なお、いたるところに、陥没地があるということになる。……ところで、江橋さん、あなた、お体に衰弱が見えるならば、よい御人を紹介しよう。医師じゃない。気安く、お気楽に、訪れてみられるがよい。紹介状を一筆、書くから、これをお持ちになれば、一刻も待たされるなどということはないから、ぜひ行かれることだよ。」行田陣太郎氏は、湯から上がり、浴衣に着換え、休憩室の窓際の机に向かい紹介状なるものを書いて、わたしに渡した。

　わたしは、ビジネス・ホテルに帰って、その使うことなどあるわけはないと考えた紹介状を、鍵《キイ》とともにテーブルの上に投げだし、ベッドの上に横になった。疲れが、一度に噴き出したかのように、わたしは、その夜、食事もとらず、眠りこんでしまった。疲れは翌日にも尾をひき、わたしは、温度の昇った街の外へと出て行く気持にはなれず、部屋にとじこもっていた。すでに持って帰った紙幣は、残り少なくなり、外へ出て行かなければ、と思いながらも、湯疲れは、わたしの身から離れることはなかった。

しかしその夜、紹介状に書き込まれた宛名の御人の使いの者が、届けにみえたという伝言があって、フロントから手渡されたのは、一冊の書物だった。書物は、大型の角封筒のなかに収められていた書物、それはヨガについての、すでに名のある日津木好胤氏著述の刊行物だった。翌日、わたしは、ついに、使うことはあるまいと心に決めていた紹介状を手にして、この書物の著者のもとに出かけた。

ホテルのフロントの若い男の言うところでは、日津木好胤氏は五年前にこの街に来られたのだが、年々、そのヨガ道場を訪れる人の数は増え、いまでは、その名は街中に知れ渡り、千坂峠を越えた、この地方の中心都市の一つである市街地からも、数多くの人が、車で、列車で、毎日、通って来るとのことだった。この御方の手で治らぬ難病なしといわれているが、この方は、はたしてどういうものですかなと、男は鍵《キイ》を受け取り笑ってみせた。

わたしは旅館街を離れた広い敷地のなかに、正三角形をつくる位置にたてられた建物を一周して、そのちょうど頂点の位置を占めている別棟の診察・治療院のある三階建の建物に日津木好胤氏を訪ねた。行田陣太郎氏の言葉通り、若い女事務員の出迎えを受け、すぐにも応接室に通されて、運ばれて来た冷たい飲物を飲みながら、ここに建てられている建造物とそこで行なわれる、聖者、日津木好胤先生の三大事業についての、簡単で要を得た、その上十分喧伝力を持った、説明を受けたのである。

このヨガ道場とは別棟になっているが、地下道によって、二つの道場に通じている三階建の診察・治療院では、難病で全国から来られる方々の診察、治療が行なわれるが、その効能はあらたかで、いまでは、通院の方、日に一〇〇人は下ることがない。すぐ近くには、滞在、逗留される方々の、御使用のかなう五〇の個室を備えた入院施設があって、これは一〇〇個室に増設される予定であるという。

ヨガ道場は大きく窓の開いた四角の木造の建物と窓のない円形のコンクリート建の建物と高い塀でかこわれた砂山の三つからなっている。その窓の開いた四角の木造の建物と高い塀でかこわれた砂山の二つは、ヨガの実技の場所であって、円形のコンクリートの建造物は、ヨガによる美容健康法の行なわれるホールである。長期会員はすでに二千名を越え、南入方峰《みなみいりかたみね》の山麓には、峰道場を、岩を切り開いてつくる計画がすすめられているという。

後で明らかになったことだが、会員制は長期の会員制と短期の随時会員制の二つに分けられているとはいえ、長期にわたり真剣にヨガに取り組む者も、気楽に、一ヵ月、一週、あるいは三日で背を向ける者も、ともに等しく、迎えられる建前になっている。

女子事務員の説明が終わりに近づいた時、当の白衣をつけた日津木好胤氏が姿を現わした。額の広い、頬の細くしまったその顔は、微笑をたたえていたが、私が、その著書に挿入されている写真で見るよりは、ずっと柔和であって、しかも、その、窪みの中にはめこまれたような眼から、ひとを引きよせる輝きが、放たれていると見えた。しかし次の瞬間、それはすでに形をかえ、ふさがれた両眼を分つようにとおった、短いが、鼻梁のしっかりした鼻のところに、わたしの眼は、ひとりでに向かっているのである。

日津木好胤氏は、自身の顔をわたしに印象づけるのに成功したと見とどけると、はっきりした口調で、わたしのことは、一切行田陣太郎氏よりお話あって、承知しております。どうぞ、気をお楽になさって、まず、いま、この治療院の、百難病の気を生命の奥所《おくが》より離れ去るように身の内を陰陽の極性より発するリズムが走り踊るよう、誘う療法を見て頂く。これは、いろいろ案を練った上で、決定しております、と告げるのである。

日津木好胤氏は和風洋風相半ばする、この三階建の建物の、一階の、突き当りの高い硝子窓のついた、壁面に沿ってベッドを置き、彼の掛ける大テーブルと、それに真向かいに置かれた助手席の長テーブルがあるだけの治療室の一つにわたしを案内し、助手席のヨガの女子高弟の一人である、屋島流夏助手を紹介した。それはわたしの眼をしばらく奪い取ったほどの、若い美しい女だったが、無言のまま、丁重にわたしを迎え、彼女の席の隣りにわたしの掛ける席をつくり、わたしを、そこに掛けるように導くのである。

ベッドには、裸の一人の男が、力なく足を下にたれるようにして、眼をとじている。屋島流夏助手はすばやく席をたって、すでにベッドの横に備えた小型冷蔵庫の上に置いたアルミニウムの大皿のなかで、線香をつけ、それを、L棒に入れて、日津木師に手渡そうと待ちかまえる。無言の日津木師は、裸の男の前に立って、右手にL棒を受け取り、左手を患者の左右の瞼に次々と軽くあて、患者の力のはいった身体から力を抜き取るのだ。すでに治療がはじまっている。日津木師はL棒を患者の左手に当て、一気に手先から上にのぼり、足先へと走らせる。ついでL棒を右手の先に当て、一気に手先から上にのぼり、足先へと走らせる。

すでに屋島助手は、冷蔵庫から冷えきったL棒を取りだしている。彼女は日津木師より線香のはいったL棒を受け取り、冷え切ったL棒ととりかえる。日津木師は冷え切ったL棒を、患者の左手の先に当て一気に手先から上にのぼり、足先へと走らせる。ついでL棒を右手の先に当て、一気に手先から上にのぼり、足先へと走らせる。終わりである。患者はまだL棒のひきよせ、冷と熱の作用のよびよせた陰と陽の両極を通い働くリズムの作用のままになって、その身を前にたれている。

日津木師は屋島助手に命じる。すでに窓は大きく開かれ、涼しい大気とともに、尾をひく鳥の声が、部屋の中にはいってきて、患者の神経を、ヴァイオリンの弦のように、ほんの僅かの間、あざやかに、弾いている。

日津木師は男の両肩に軽く手を置いている。

「ゆっくりと眼を開いて、ゆっくりと、ゆっくりと……そう。必ず、よくしてあげる。この腕に外科手術など、無用ということになる。腕を切るなどということは、いらざる術ということになる。おわかりになられた？　陰と陽の両極の間を通い働く深いリズムによって、病んでいる気を断ち切る、このヨガ療法に、一途にその身を寄せられることが、肝要と、心に刻み入れて頂きましょうか。」

日津木師は、患者から身を離し、自分の席に着く。すでに白衣の屋島助手が男の傍に身をかがめ、その手を貸している。「歩けますよ。歩けますから。はい、下に降りて、そうですよ、そうなさいって。そう、両足を軽くして下に降ろして。まず、床の上に立ってから、一歩、左足から踏み出す。大きく息を吸って、すーっと、無理することなしに、息を吐きながら、両足を床下にと降ろしましょうね、……そう、その両手には、身を、からだを、支える力が生まれております。そう、生まれておりますゆえ、おやりになられて、十分でございます。」

患者は、ようやくにして眼を開いて、なえた細い草木の根のような両手を寝台の上に伸ばそうとするが、ついにできないのである。

「はい、もう一度、おやり頂きます。日津木好胤先生の御技《おんわざ》によって、その両手には、御自分の身を支えきる力が甦っておるのでございます。」

一体このわたしの上に何が起きようとしているのだろうか。東京での八年間に、わたしが自分で、ふと落してしまって、拾いあげることができず、また切り取られて、そこをふさぐこともできずにいる、わたしの内から出て行ったもの、そしてその代りに、わたしのうちに、ひとりでに入りこんできたり、また、多くのひとびとの手で撃ち込まれて、わたしのものとなってしまった数々のものを一々数えたてることなどできなかったが、その二つのもの、こばみもできなければ避けることもできぬ、入れかわりといってよいものを、ここへ帰ってきたばかりに、わが身に迎えることになるのではないかという思いに、あらためてとらわれていた。

わたしは黒い髪が束ねられて、白衣のなかに包み込まれている、屋島助手の呼吸が、すぐ傍のところにあるように思えたが、それはただの幻のものにすぎない、それはすぐにも消え去るものの一つであると、十分知りつくしているはずのものではないかと、それをこばんでいた。屋島助手は患者のもとへと去り、わたしは、日津木好胤氏の「それでは参りましょうか。」という声を、甘い、毒入りの声のように聞いた。わたしは、その声に従って、治療室を出て行ったが、屋島助手が、もちろん、わたしも含めて二人に対してだろう、上半身を深く折って、見送りの姿勢を、じっとつくっているのを見届けた。

わたしは、いま、はじめて見た、というより見せつけられたと言った方がよい、たしかに陰陽の結合の理論に基づいており、はずれてはいないとはいえ、やはり十分には、のみ込むことができないで、胸の辺りにつかえている、怪しげと思わないわけにはいかない治療が、はたして、効果を収めるのかどうかを疑問に思い、またしかし、効果を収めることがないならば、あのように多くの人々が待合室に待つようなことにはならないわけであると、治療院にはいる途中、ふと眼にした、大部屋の待合室に順番の呼び出しを待つ人々の多くの、しおれ切ったような顔、顔、顔を思い浮かべていた。そして二人がこれから行くところが、食事処、レストランだということを告げられて、それを断る手はないことを思い知らされていた。食事代を浮かせることは、いまや、わたしの重大事のひとつとなっていたのである。

食事処は、この診察・治療院のある建物を出て、すぐ右手のところにあって、この敷地内では、もっとも簡素、軽装のベージュ色一色の外壁、白色一色の内壁の建物で、この敷地内にはいった何者もこばむことはなく、また法外に高い値段を恐れる必要もなく席に着くことのできる小テーブルが数多く置かれていて、ここにはいるものの気持を、軽々としてくれる所だと言ってよいだろう。

ボーイ役をつとめるもの、ウェイトレス役をつとめるもの、その他諸係は、いずれも、ヨガ道場に長期にとどまるものが、交代でならねばならぬ、修行過程のなかに入れられているのであって、ただ、奥の調理場だけは、観光客の数の眼に見えて少なくなった温泉旅館から移って来ては出て行く、出入りのはげしい本職の板前調理人によって占められているのである。

二人がなかにはいって行くと、まだ食事時には間があり、営業準備中であったが、髪を短く刈りとった、見るからにヨガ道場の主とでもいうべき、短軀ながら、身にすべての急なるものに対する備えありという風体の、しかも、きちんとネクタイをしめた、半袖シャツの男が、すぐにも出迎えに走り出て、どちらに御席を、おつくり致しましょうかと言う。いつものところにしてもらおう、と日津木好胤氏は言った。そしてまず、軽い飲み物をと、付け加える。

わたしはこの時、はじめてこの日津木好胤氏にとって、このわたしが、一体、どのような価値がある人間なのかという疑いを持たなければならなかった。わたしは東京の大学を出てから、職のないままにこの地でしばらく父親の土産物店と民宿の仕事を手伝っていたが、その父親は民宿経営に失敗し、祖父の代からの土産物店も手離さなければならなくなったのである。父親は裏通りの、狭い民家に移り、母親とともに隠居暮しにはいるや、しばらくして一切の望みを失ったかのようにほうけたようになって消え去るようになくなり、母親もまた、その後を追ったのである。民宿が見るのもいやな理由である。ビジネス・ホテルなどにいるとはいえ、わたしは、この地では、土地もなく、店舗も残っておらず、落ち着くところのない身であって、このように、丁重に迎えられる理由を何一つ見出すことができなかった。

お茶が運ばれ、注文したどんぶり物と味噌椀と漬け物が出された。日津木好胤氏は、自分は朝、昼抜きの週にはいっているので、飲み物だけ頂く、でも、お若い方は野菜、卵類、肉類なども遠慮なく言いつけて、召し上がって頂きたいものです。まず旧来の食の考えを根本から変えることです、と言ったが、わたしは、これで十分ですのでと答えていた。東京で職についた最初の頃は、会社の同僚にさそわれて、一流の店ではないが、かなりの店で食事をしたし、スナック、バーなどへも出入りしたりしたが、ついには、このどんぶり物にと落ち着いたのである。会社の事務には適さぬことが次第に明るみに出され、上役にたびたび、書類の書き直しを命じられ、同僚、先輩にもやがてうとんじられることとなり、何度か職をかえたがつづかなかった。最後の三年間は、或る工場の倉庫の夜警の位置をようやくさがし当てたのだが、これがもっとも長つづきした仕事ということになるのである。

日津木好胤氏は、わたしが箸をとりあげようとした時、行田陣太郎氏が、わたしのことを心に置かれて、御心配事がおありのようだから、会って聞いてあげてほしいと言ってこられたことを告げた。わたしは箸を置いた。

「お困りの御様子、もしよければ、千坂峠を越えた都市の、相当お力をお持ちの方と懇意にしておりますもので、御面倒をかけるということもできますが、いかがでしょう、ここで働いて頂くというわけにはまいりませんが、この好胤は、日の出、日の入りとまったく同じように、心身を傷めておいでの方を、心からお迎えいたすのですよ。」日津木好胤氏は、おだやかに、切りだしたが、千坂峠を越えた都市の、相当お力をお持ちの方と云々のところに力を入れた。

「この地に帰って来はしましたものの、この古巣に戻って、いろいろのことを見せられて、こちらで職につく気持は、あのアオコの色で染まったような湖のなかにでも落してしまったといいますか、これからどうするということも、きまらずにおりますので。」わたしは、おだやかに応じた。

「あの鯉の生簀網が切られた事件の類などに、つよいショックを受けられたんじゃあないでしょうかね。あれには、街中のものが、一様に動揺しましてね。この好胤も心に痛みを生じ、いまもそれは深く残っておりますが、一般の市民の方々、釣り愛好の方々は、まことに好機来たれりと、もう、毎日のように、小舟を出して、また、湖岸に出ては、長棹で、重い獲物を網をさげて帰っては、また、出かける。ついには、軽四輪のなかに、生簀鯉を積み込んで運ぶという始末で、笑いがとまらぬという様子だが、そればかりは、懸命にこらえておるようだから、また、奇態なのですよね。」

「行田陣太郎氏が、この釣りの気運をつくり、ひろめられたように、聞いていますが、まことでしょうか。」

「いいえ、そのようなことは、あるわけがない、そういう冗談が、あのお方の口からは時に出はしますがね。しかしこの街のこのさびれたざまのなかで、少しでも人々に活気をとり戻してやりたいとの御思いから発して、その気運をおつくりになったということも、あるかとも考えますが、おひろめ屋さんのように、おひろめなされたなどとは、到底、承知できんことで。行田陣太郎氏は、いろいろの噂のあるお方でございますが、そのうちその誤解は当然、ひとりでに解けます。好胤は、行田陣太郎氏をこの土地の第一人者として尊敬して参っております。好胤はそう思っております。」

「変わったお方、しかもこの地で、なお、ひとに知られぬ力を十分にお持ちの方と見ておりますが。そう、先日は、あの崖下のたくみに迷彩をほどこした温泉場にまで御案内して頂いたりしましたが、どうやら、誤解を受けたようでした。」

「誤解などということはありますまい。さもなければ、この好胤に、お世話をするようにとの御心づかいはないはず。ただ、あの御所有の田のなかをボーリングして、温泉源を掘りあてようとの遠謀深慮の御計画を理解するのは、当地の温泉旅館の方々には、困難きわまりないことだものでいろいろの噂もたつということになりかねないので。」

「ボーリング？　正式のボーリングをされたんですか。それは、思い及ばなかったな。」

「もちろん、正式のボーリングでね。まず、パーカッション方式、櫓を組んでワイヤーロープの先に鋭いビット刃を結びつけ、ロープを引き上げては、落し、岩盤を削りつづける。とともに、水を溶かした粘土を次々に入れ、粘土の外壁をつくる。この粘土が次第に穴のなかに沈澱していき、穴が満水状態になれば、下部に水がある証明になるわけですな。温泉が出る可能性も生まれる。しかしこのパーカッション方式の限度は、地下二〇〇メートルまででしょうか。ついでロータリー方式に切り換えとなり、機械を据え、鋼管を廻して、岩盤の質によって刃を取り換え、掘削をつづけて、五〇〇メートルに達すれば、この地の温泉脈に達し、湯が噴出するということになる。行田陣太郎氏の田畑は、この市の領域から、僅かに離れた地点にあるので、市の規制の下に置かれずに済む。これがまた行田陣太郎氏のねらいなので。それがまた、市街地の人々を刺戟することにもなる。おわかり頂けましょうか。」

「あの田畑、崖下の温泉場は、この市中にはいっていない？　よく考えましたなあ。……少しわかりはじめてきましたよ。しかし、あの温泉場の湯は、二〇度に達せずプロパンで沸かしているということでしょう。」わたしは言って、いまは相手にかまわず、卵をかきわけ、なかのものを、口にかき込んだ。どんぶり物は、半ば冷えてしまっていたが、わたしの腹のなかへよくおさまった。

「御不審でしょうか、でもそれは、理由のない御不審でしょう。この湖の温泉量は、急激に減るものと、好胤も行田陣太郎氏も、測っております。温泉の関係者、市と温泉旅館主方は、対策をたてることになるでしょうが、アオコの繁殖した湖を透明にするため、下水道を湖岸につけ、これによって、アオコ発生の原因である窒素、燐と屎尿《しにょう》が湖にそのまま流れ入ることなく終末処理場で処理され、たしかに湖は抹茶色から緑色のところまで透明度を回復したといわれ、事実、少しばかり水質に変化が見られますが。」日津木好胤氏の言葉には熱が入り、その広い額はいよいよ広がりを増し、短いが高い鼻梁は、上の方に引き上げられ、その両側に汗の滴が流れはじめる。しかし言葉はとどまることはない。

「この湖の浄化対策には二つがありまして、第一は、この公益下水道をもって、これまで湖にはっていいた、湖の富栄養をもたらす、窒素、燐、屎尿を、流入させぬようにすること、これですが、第二は、湖底の汚濁物を取り除く浚渫《しゅんせつ》をすすめて、水質汚濁を減少させること、この第一、第二によって、浄化を実現しようという役柄になっております。しかしこの第二の浚渫は、逆に湖を汚濁することになると、最近、言われてきている。それは、この湖底には三〇〇メートルものプランクトン、腐植土の堆積があるゆえ、一〇〇メートルの沈澱物を取り除いたとしても、その底にやはり、同じ沈澱物、むしろ、日光のまったくとどくことなく、その上、以前の悪性のメッキ工場、その他工場排水中より下に沈んだ毒性の重金属類が、むき出しになる恐れがあると考えられ、第一の対策によって、富栄養は少しまぬがれるとして、湖水の汚濁は逆行、後戻りして一時のように魚類の生息危しということにもつながるといわれているのですが、それぱかりではない。この第二の対策によって、温泉脈がその途中で中断され、また埋められ、温泉脈の移動ということも、当然あると考えられるんですよ。」日津木好胤氏は、つづいてその結論である行田陣太郎氏の礼讃にようやく行きつくこととなるのである。行田陣太郎氏のボーリングは、やがて新しい温泉脈に行き当り、新温泉地街があの山際の地に生まれる。現在あの行田陣太郎氏所有の田畑の周辺の土地は三倍に値上がりして来ているが、それは先の先を読み取る力を備えておられる第一人者にして、はじめて出来することのできる事情と納得頂けますでしょうか、と日津木好胤氏は言ったが、このような結論のところへと導く用意がされていたのかと思い、わたしは箸をおいた。

「行田陣太郎氏、讃美音頭となりはてましたな。先日の花火大会の夜に、それをおやりになられた方が、賢者のなさることにふさわしいのでは……」わたしは言った。

「もちろん、花火大会の日には、当道場をあげて、行田陣太郎氏をお迎えして、その事業の御成功をたたえたことですよ。そう、陣太郎氏の陣中見舞というような次第で……。ヨガ道場だもので、歌あり、踊りあり、当然のことでインド手品《てづま》あり、修験道の大太鼓ありで、花火の大空に昇るたびに、さきほどの屋島君の美形が夜の庭園に輝きては消え、消えては輝いてね。まあ、しかし、この街も花火の日だけになりにけりというのが、いまの、真実を現わしておりますので。しかし、花火が終わると、湖岸を埋めつくした、各方面から来られた方々、帰りの道が乱れに乱れ、混みに混むというので、すぐにも、この地を離れて行くとなれば、その後はまことに人通り少ない街となって、めざすお銭は、少しも落ちなかったという、こぼし話ばかりが聞こえてまいりましたのには、心が揺れ動いて……返答ならずというところでした。この好胤と屋島の二人を控えさせられた、行田陣太郎氏の言われるには、われ、信玄の如く、神出鬼没、この地を埋めて後、甦《よみがえ》りの日をもたらさん、とこのようなお言葉でございました。」

「そのような日が、訪れて来ますかね。湖のアオコの発生は、前よりも数字の上では少し減っていると、湖観測の生物学の学者方は言われるが、見た眼にはどうでしょうか。もう、昔の向こう岸にひろがる風景、景色は消え失せ、汚れに汚れ濁りに濁って、そのままに見向きをするものなく見捨てられた、大きい水たまりが、残されているんですよ。もう、眼を向けることもできませんな。」

「昔は、向こう岸の上の辺りに水平の虹があざやかに出ること半時と聞きますが。それは、望む方が無理というものです。水たまりなどとは、決して申しはしませぬが。」

「水たまりなどとは、口に出したくありませんよ。しかし、水たまりというのは、このわたしのことですものでね。」

「そのような、御謙遜は、ここでは通用いたしません。ヨガ道場、ヨガ、ヨガとは申しておりますが、この好胤、インドのヨガにわが修験道のうちをつらぬく、身心一如の法を取り入れ、この国によく根づくものとしてのヨガ、隠れたる者にして現われたる者、隠者にして現者という精神を、この地にいまさらに練りかためております。しかしもう、次へと参る時が来ております。ヨガ道場の方へと御案内いたす順次が組んでございます。」

わたしは、日津木好胤氏の案内で、まず、大きく窓の開いた四角の木造の建物のなかに入り、靴下をとって、よく磨きのかかった固く広く、あらゆるヨガの体位（ヨガ・アーサナ）と呼吸法（ヨガ・プラナーヤマ）と瞑想に対して、大地の代りをする板床を、左の壁ぎわに立って歩き、ついで右に真直ぐに歩いて、板床の中心のところに足をそろえて直立している、白の股隠《こいん》一つの多くの裸の間を通り抜けて、その中央の同じ直立のアーサナにある、男子高弟の傍に行きついた。

たしかにわたしは行きついたのであって、この建物のなかに一歩はいるや、わたしは、ここに多くの直立の裸体によってつくり出されている静寂に、一挙にまわりを取り囲まれて心乱れ、前後左右に首から上を、このかつて知ることなく、したがって理由づけすることのかなわぬ強靱な静けさによって、なぶられる思いで、ただ身をつくろうことに心を使い、歩くほかなかった。すでに、このように、この建物によって抵抗を奪いとられるような、思ってもみなかった状態に置かれて、わたしが自分を取りもどし、自分の眼で、一つ一つの裸の体を見とどけることができるようになったのは、日津木好胤氏に呼びとめられ、板床の中央のところに足をとめ、真直ぐに身を保つことの可能なことを自分で知った時である。そしてそこに男子高弟の辺部《あたりべ》有山のアーサナがあったわけである。この高弟の名を、わたしに、低いが力があり、しかもこの建物の容れている数万の弦の響きわたっているような静けさを、少しも乱すことのない声で、耳元に告げたのは、もちろん日津木好胤氏である。

いま、辺部有山高弟のアーサナに導かれて、ここに、辺部有山に向かって立つ一つ一つの裸体のアーサナは、深山のアーサナと名づけられ、直立の姿勢であって、立って行なうすべてのアーサナの支えとなる原《げん》アーサナというべきものである。一切のアーサナは、まずこのアーサナを完全に修得して後、はじめて行なわれる。アーサナはまず両足を揃えて立つ。両足は開かず、平行にし、互いに触れ合うことのない程あいに、ほんの少し離し、つま先は板床にしっかりつける。つづいて……

次に膝を締めつける心持ちで太股の後の筋肉を伸ばす。ついで腹を引っ込め胸と顎を近づけるような心持ちで、背骨を上下に伸ばす。同時に足の裏のところに意識を置き、左右の足に等しく体重がかかるようにする。両の腕は、肩の力を抜いて自然にたらす。

日津木好胤氏は、わたしの腕に手を触れ、出ましょうと、導く。わたしは無言でその後にしたがった。ついですぐ隣りにある高い塀でかこわれた砂山道場へと向かったが、この間持たせたわが著述でお読みのことと思うが、アーサナにはこの深山のアーサナと屍《しかばね》のアーサナが原アーサナとしてあると考えて頂きましょうか。ヨガのアーサナはいずれも緊張の後の弛緩によって、はじめてその効果を全うするわけで、緊張は、弛緩によるくつろぎへと移るその導入であって、アーサナの主役は、この弛緩にあることをのみ込んで頂きます。緊張と弛緩には三つの型があって、一にはプロセスつまり緊張と弛緩ともに含めたアーサナを、一つの緊張とみなして、アーサナが終わった後に、これから砂山道場で見る完全な弛緩である屍のアーサナを行ないます。二には一つのアーサナを行なう過程で、緊張と弛緩とがある。三には、一定のポーズを保っている時、身体の中に緊張する部分と弛緩する部分とが同時に存在する場合ということになります。

日津木好胤氏の口が閉された時、二人はちょうど砂山道場にはいっていた。高い塀で遮られて、外からは見えなかったが、白い砂山の頂上には、金網が張り渡され、その上に山から運ばれた樹々の葉が敷かれて、砂山は自然の日蔭を受けとっている。

砂山の山麓をめぐって、裸の体が仰向けに寝ており、両足を開いたままである。腕は身体から少し離して伸ばし、手のひらを、上に向けて置いている。身体中のあらゆる部分から力を抜き、だらりと身のすべてを砂山にゆだねる。

砂の中腹部の四カ所につくった平場に、四男子高弟が屍のアーサナを行ない、砂山道場の屍のアーサナを導いている。屍のアーサナは全身が魂の去ったあとのぬけがらの屍となり、一切の衒《てら》いを捨てて、ゆるめつくしはてるところに入る。これをやりおえるひとは、まことに数少なく、男子高弟十人、女子高弟五人だけが、それに達しているばかりで、ここに屍のアーサナに挑んでいる方々は、道場入りして二年目から三年目の方々ばかりということになりましょうか。この屍のアーサナ、これは、精神と健康を心身の奥底から支える、湧きつきることのない泉をもたらすといわれるものですが、やはり達しがたいと見えて、この砂山道場で毎日指導が四人の高弟によって行なわれているが、未だしの状態にあると明らかにせねばなりません。これはさきの姿勢を保って深く静かに、リズミカルな呼吸をつづけると同時に、意識を眉の間に集中するが、はじめは、完全に力を抜くことに専念し、まず身体の一部分に意識を向けその部分を緊張させ、ついで、くつろがせる訓練を繰り返しつづける。この時両足先からかがとへ、さらに膝へ、太股へ腰へ、腰から胸へ、ついで両手へ両肘へ両肩関節へ、首へ、顎へ、眼へ、頭へと身体の下部の方から緊張させてゆき、次に逆の方から弛緩するように、とする。この屍のアーサナには意識の持ち方が重要な役割を担っていて、自分の身体のある状態を描き出してみせる。例えば、無限にひろがる水面に自身が浮かべられ、波のまにまに漂うにまかせて、行方も知れずと思いを放ち続ける。やがて全身は隅々まで弛緩に覆われ、心もまた、静の頂点にと置かれます。屍のアーサナの到達点がこれであるとしております。

二人はついでヨガ美容健康法の道場にはいったが、ここでは、女子高弟二人と男子高弟二人が、全体指導、個人指導に携っているのである。いまは、生殖器、泌尿器に効くポーズが、予想を越えた数の女性によって行なわれていたが、わたしは、眼を伏せなければならなかった。ということは、すでに失われたものと考え切っていた、女への関心が、さきほど、屋島女子高弟の前で、切り裂かれたことを知らされたわたしの顔が、自然、そこに出たのに違いなかった。わたしが、もう十分ですから、と申し出るまで、日津木好胤氏は、ここを出ましょうとは言わない。わたしは、そこに一つの術策があるようにも考えたが、それはそこを出て、三階建の診察・治療院の応接室に戻った時、明らかにされた。

しかしわたしは、その応接室へと戻って行く途中、何処かで会ったに違いないのだが、誰かとは、どうしても思いつくことのできぬ人を眼にしたのである。その男は車の運転台に乗ってじつに見事な笑顔をつくっていたが、車を運転していたのは、その男ではなく、あの屋島女子高弟だった。わたしが、あっという声を思わず出しそうになったのは、もちろん車を運転しているのが、屋島女子高弟であったからだが、たしかに何処かで出会ったに違いない男が、そのそば近くに身を置いていたからでもあった。車はすぐにも敷地の外へと出、姿を消していた。

日津木好胤氏は、女事務員に熱いコーヒーを持ってこさせ、ゆっくりと香りを顔にあてるようにしていたが、ついに切り出した。

「ぜひとも千坂峠を越えた先刻少しもらしました都市の、懇意にしている相当お力をお持ちの方のところへと、お連れしたいものと思いますが、如何でしょうか。ヨガ道場の方は、この次、いつでも、もう少し時間をとって見て頂く用意をいたしましょう。」

「御厚意は、有難いことに思っておりますが、その心が動きませんもので……」わたしの答は変わることがなかった。「ホテルに帰って、ゆっくり考えての上のことにして……、その後で、また……」

「しかし、お困りになっておいでなのでしょう。……それでは、なおのこと、参りましょう。好胤とともにというので、おためらいが、あるということならば、おひとりで、行かれては。大金は、むりでしょうが、当座の御用ほどのものならば、保証人なし無担保で貸し出してくれますから。この好胤のところに始終見える好人物でして、この道場、診察・治療院の会計の取引の信用組合の責任者の位置にある御方で、当道場の長期古参会員のひとりでもある方なもので。」

「無担保で貸出しをされるということですが、そのようなことが、信用組合で行なわれているのですか……」

わたしの心は動いたが、わたしの口調は反対のものとなっている。

「そう言いました。……ただし、江橋さんというお方に限るということになりましょう。今日、好胤、おつき合いさせて頂き、やはり行田陣太郎氏は、お目が高い、という感じを深めております。……豊国信用組合の責任者の南里氏は、ぜひとも、江橋さんの叔父上の力を振っておられた南部産業グループと御取引願いたいと、以前から望んでおいでになるので。南部産業グループはこの湖岸の不振のなかに沈み込んだ産業のなかで、ただ二、三の将来の開けた産業のうちの一つにはいると聞いておりますが。」

「よしましょう……。そういうお話は、このわたしには、まったく向かないので。東京の最後の三年、倉庫の夜警職について、もう、むやみと、劇画からはじまって、本ばかり退屈しのぎに読み散らしていて監視班についに摘発され、勤務怠慢と印判《はん》を押され、首になって、帰ってきた人間ですよ。だからといって柳刃で生簀網を切るなどということなど、とうていできぬ男でして、それにあの三村社長代行職は、叔父というような血筋のものではなくて、ぐっと遠縁の人にすぎんのですよ。」わたしは、立ち上がった。やはり、価値は、あの産業グループにあったわけだな……、市の模範工場、廃棄物、スラッチの水分を取り、固形物にして県の廃棄物処理機関に運び込んでいる、県と市その他商工会議所の表彰状を何枚も、工場入口をはいったところにかかげてある。……まったく不向きだよ、この僕には不向き……

わたしは、ホテルに帰って部屋にとじこもった。わたしは、この土地に帰ってきたものの、湖は、新聞などで報道されている以上に荒れはて、後方の高い峰の黒々とした輝きが、はやく走り行く雲に隠されては、その姿を雲のなかに現わす、昔と変わることのない光景を見渡す時、ついにいまにも破られようとする湖の姿を、部屋の窓から見つめることなど、次第にできなくなっていた。

湖岸は埋められ、石を積み重ねた堤防が湖を護っていると、言われるのだが、湖はこれまでよりも大幅に小さくなっており、遊覧船乗り場近くには、塵芥が寄せてはまた遠くへと、船の、湖をかきわける波の上を、ただようばかりである。

温泉の湧出量が、急激に減少し、市と温泉旅館の代表者が集まり、その原因を急遽調査し、これまでのように、各地域ごとに、湯を無制限に使ってきたのを改め、湧出する温泉を一元に集中して、規制を行なうことなどが協議されたことを、たまたまつけたテレビジョンで、わたしは耳にしたし、また地方新聞で、温泉の湯を熱変換機を用いて、冬期小学校の教室内を二〇度程度に保つ計画が、市ですすめられているとの記事を読んだりしたが、いずれもわたしの関心をさそうことはなかった。

とはいえ、奇妙にも、わたしの内に現われ出るのは、あのヨガ道場で眼にした、一つ一つのことなのである。あの患者の筋肉の収縮力を失った手足の無力な有様、深山のアーサナを行なう裸の体のなかを歩いて、方向をとる筋肉を奪われて、そのまま、天井高く吊り上げられては、二度と下りることができないというようなところにただひとり置き去りにされている、滑稽な自分が、思い出される。そういえば、緊張ばかりがあって、弛緩というものが、これまでまったくなかったような不安がわたしをとらえる。すると屍のアーサナが、わたしに見えてくる。このような屍というものを、はじめてわたしは知らされたという考えが内に戻ってくる。

とはいえ、これらを思い浮かべるというのも、それは、ただただ、あの治療院の屋島女子高弟の、一気に眼を吸い取られてしまったその面《おもて》、その後姿、その全身をありありと眼の前に描き再現するためであるということを、わたしは思い知らされるのである。わたしは、そこにかなりの時間、わたしを置いた、日津木好胤氏の魂胆というものがいまになってよくわかるのである。あの生殖器、泌尿器に効くポーズを取っていたブルーの、ヨガ衣のぴったりと身についた、股のところにくい込むようにして上半身を隠し、下半身をむき出しにしている女性の群が、両足を大きく開いて坐り、両足の親指を両手の人差指と中指とで握り、下腹部に大きく息を吸いこみ、肩を落して背すじをまっすぐに伸ばし構えている。と、息を吐きながらゆっくり静かに上体を前にまげ、頭を床につけて行く。顎を突き出し、胸、腹部の順に床につけて行き、その姿勢のまま、自然の呼吸で、一〇秒ほど、じっと耐える……

次は生殖器若がえりと夜尿症に効くポーズである。膝を開いてしゃがみ、両腕を張るようにして合掌の手をつくり、下腹部に息を吸いこむ。この姿勢で陰部に意識をむけて五秒耐える……

しかしブルーのヨガ衣の女性の群のなかには、途中で規定の姿勢がとれず、横にころがるようになり、はーはーと息を吐いて、もがくものが出はじめる。また、全身を板床にうつ伏せに投げだしたまま、起き上がれず、息絶えたようになったままでいるものが出る。わたしは、この横にころがり、はーはーと吐く息ばかり吐きつづけて息絶えた女を、わたしの間近にして、自分も息絶えるかのように息を吐きだす思いをさせられたが、その女性の面と身体から、鋭い放射を投げられ、あびせられたことはたしかである。わたしは、グリーンと赤の大きい碁盤縞のスーツをつけ運転席に坐ってハンドルを握っていた屋島女子高弟を浮かべ、たしかに何処かで会ったに違いないが、何処で会ったのか、誰なのかを、記憶の底に自分の眼をさし入れさし入れするように、力を入れ、力を抜いて、寝台の上で、ぼーっと天井を見上げていたが、ついに屋島高弟の横のところにいたその男が誰なのかはわかりはしなかった。

翌日、電話が三村社長代行から掛かってきた。江橋君、君は、行田陣太郎氏や日津木好胤氏、南里豊国信用組合長などのもとに出入りしている模様と、社のものから聞かされたが、よくない。いずれも、この三人が組みになって、この街の一流の温泉旅館、土地、不動産、宝石、骨董品などにも手をのばしているといわれている。まだ、しかとはわからないが、本社の調査部に内々に調査させている。しかし江橋君、君が近づくことはよくない。南部産業グループにも、近づいてくる可能性がないとは言えんのだから、身をつつしんで、くれたまえ。電話は短時間で切られた。

しかしわたしはこの電話があった翌々日、ついに、単身、列車に乗り、千坂峠を越え豊国信用組合まで出かけていた。それは、終着駅の東へ五分ほどのところにあって、紫白の壁の八階建のビルディングの一、二階を占めていた。新築のビルディングは、その外壁は美しく、わたしの予想は破られた。三階以上は、貸しビルであって、各階すべてすでにふさがっている。豊国信用組合は、創立期も古く、県下の地域信用組合としては、二流に落ちることはないだろう。一階は本部支店であって、預金、貸付、出納、その他の係を置いている。二階は本部であって、営業統括、人事総務、広報、調査などにわかれ、本部長、組合長室はこのもっとも奥の信用組合本部としては華やかな彩色に工夫をさいた壁面にかこまれ、皮張りのソファーを備え、紫檀のテーブルをかこむ。紫白塗りの肘掛椅子、歴代の組合長の肖像写真を入れた額が、本部長の大テーブルの後の壁にならべられている。

わたしは、すぐに本部長室に通された。薄くなった髪に念入りに櫛を入れている南里豊国信用組合長は、細面、中背の紳士であって、三村社長代行が電話で伝えてきたような側面は、どこから見ようと、把えることはできなかった。しかし人間は一瞬の僅かの時間でその中軸に達する時もあれば、十年二十年、三、四十年という長年月かけてもその内、外の全面を見定めるにいたらないことが、しばしばあるにちがいないというのが、最近、わたしが、思いを深くするところなのである。

　わたしの南里豊国信用組合長を訪ねた用件は、ごく短時間でおわった。南里信用組合長は、ごゆっくりされてはいかがでしょう、お食事でも、さしあげてと、考えておりますがと、すすめたが、私はそれを受けはしなかった。三村社長代行の言ったことは、半ば当っているのではないかという、わたしの判断が、湖の汚濁のなかから引き上げられて、明るみのなかに、置かれはじめる地点にとわたしが立つことのできたという思いが、内に生まれていた。

　南里信用組合長は、大テーブルから立ち上がって中央の肘掛椅子に、わたしを導き、自身も、わたしの前の肘掛椅子に腰をおろした。

「きっと、お訪ね下さると思って、お待ちしておりました。こういうわたしの予感は当るものですよ、予感坊などとひとは言っていますが、良からん奴《やっこ》とお取り違えのないように……」彼は丁重に頭をテーブルの上に突き出すようにした。彼が頭をあげた時、わたしはその髪が薄いにかかわらず、その眉が白いとはいえ、ふさふさとついているのを見出し、この眉毛の役割が、ひとに接する場合に非常に大きいだろうなどと考えていた。

「そうでしたか。いいえ、お訪ねしようかどうか、数日、迷っておりましたが、やはりこちらへまいって、いろいろとお教えが得たいと心に決め、思い切ってまいりました。」

　紅茶茶碗と葡萄《ぶどう》を盛った、グラス皿が女子事務員の手で並べられる。二人きりになるとわたしは、単刀直入に、豊国信用組合長さん、信用組合長さんは、行田陣太郎氏の所有地周辺の土地をお買い取りになられておられますでしょう。いかほど、と問いを発した。しかし、まあ、そのような事務に属することは後にして、別のお話、東京でのよもやま話などおきかせ頂きたいものと、こう思ってうれし待ちにしておりましたのですに、わたしの問いは、たくみにはずされる。それはまたの機会にして、今日は、時間もないことゆえ、ぜひともすぐにも本題に入らせてもらいたい、はじめてお尋ねして、こういうことは、ならぬことかも知れぬと考えはしましたが、お許し願おうと、心に定めてまいったので、とわたしは、どうあろうと一歩だけでも踏み込もうとさらに試みた。

「叔父上が、三村社長代行として南部産業グループで、手腕を振っておいでの方でございましたね。」

「叔父、甥の関係にはないので、ただの遠縁のものにすぎません。お望みの南部産業グループとの御取引の介添え役という大役は、おあきらめになって、その上で、話をすすめることにして、その南部産業グループとの取引の件も、流れに逆らうばかりになると……」わたしは言っていた。しかしそれは考えていたのとはまったく別の一歩である。

「よろしい。わかりましたよ。叔父上ではないこととしてすぐにも、お話にはいりましょう。……お時間をいそいでおられる御様子しかとお見うけいたしました。……」南里豊国信用組合長は、わたしの出した掛け引きに乗ってくれた。それとも乗ってみせたと言うのがよいのか。こういうことは、後になってはじめてわかるものである。

「それに東京暮しは、下の下というところで、笑いの種にもなりませんので。」

「恋か愛か、いずれの網のなかに、囚われておられた。」

「実のところ鯉も鮎も、網ひとつ、張ってはくれず……。とも釣りにもかかってはくれず……」

「鯉の生簀網も切り、鮎の友釣りに、ともにおぼれられて……それで下の下とは、どういうことになりますかな。」

深いうらみで、女は狂った振りをじつにたくみに演じ切って見せて、行方知れずになりましてね。まあ、千坂峠を越えた市の湖のように、濁りに濁って……、わたしもまた同じこと、どちらが先に濁り、それを他に感染させたか、それはわからんのですが。しかし柳刃を使うようなことはせずにすみました。わたしは言ってのけてみせた。

それで土堤が切れ、流れがついたというわけである。女は、あちらのヨガ道場にも、こちらのビルディングにも、おりますが、こちらでは、狂った振りをたくみに演じ切って見せて、行方知れずになるようなことは、せんでしょうな。南里豊国信用組合長は言い、自身、行田陣太郎氏の、御贔屓《ごひいき》になって以来、当信用組合の取引は急にひらけ、業績は上昇気流に乗ったと同様の状態をつづけていることを告げた。行田陣太郎氏所有の山際の土地を買収し、それを買値の三倍で売り、売値の二分の一で買い戻し、四倍で売りという売買をつづけ、紹介された日津木好胤氏との取引では、日銭が毎日預金されるということで、これはまた、資金繰りの上で、この上なく強力な入金で、その御礼にと、ヨガ道場の会員、ヨガによる診察治療の効能を、県内、県外にもひろめ、患者の方々を、お送りしていることなどを話した。すべては行田陣太郎氏のお力によるもので、日津木好胤氏があの敷地を買い取り、現在のような四つの建造物を建てたのも、行田陣太郎氏の支えがあったればこそであって、無一文に近い放浪の身の日津木好胤氏を、あれだけの大物に育てあげたのも、行田陣太郎氏なのである。おおよその話は、これでつきていた。

「貴君も頼るべきひとを、しかるべきひとに定めて、行く先を開かれることが肝要と、申し上げましょう。それでは叔父上の方は、あらためて、こちらから、お訪ねして、お願いするのが、順序でしょう。今日は心残りではあるがやはり触れることなくおおせの通り、おきましょう。」

わたしは黙って頭を下げておいて立ち上がった。今日は、先を急いでいるのでと、下まで見送ろうとするのを、遮り、階段を下りたが、わたしは、その階段の途中で、エレベーターの前で若い、紅花染のブラウスをつけた女をつれた、先日、屋島女子高弟に運転させて、その横に掛けて日津木好胤氏の庭内を出て行ったあの男を見つけたのである。何処かで会ったに違いないが、何処で会ったか、だれであったかわからぬその男。

二人はエレベーターのなかに姿を消した。わたしは、あわてて階段を上にと引き返した。わたしは、ようやく、廊下の端のところに出て、二人が組合長室にはいって行くのを見届けていた。二人は組合長室のすぐ前で、握り合っていた手を離した。……わたしは見届けて、激しい勢いで階段をかけ降り、駅へといそいだ。わたしは男が行田陣太郎氏の運転手兼秘書であることに、列車のなかで、はじめて気づくことができた。

数日間、わたしは、砂山道場に置かれているかのようにして過ごした。わたしの上をわたるようにして、その男が歩いている。わたしはそれを防ぐ何の力も持たないのだ。

わたしは数日後、立ち上がり、崖下の、行田陣太郎氏の温泉場をめざして、道をいそいだ。わたしはたちまち、残暑の空気のなかで、汗にまみれたが、その温泉場の浴場に身をつけることを思い、急ぎにいそいだ。幸にも、温泉場の隠し戸は、引くと軽々とひらいた。しかし靴箱のところには、四足の靴が脱ぎすてられ、温泉場は行田陣太郎氏の世に隠れた温泉場とはいえない、空気の乱れを感じとらせた。そして休憩室からは、大きい怒りのこもった声が聞こえて来た。ついにわたしは、そこで、わたしの、まさにわたしが見るべきものを見、聞くべきものを聞いたのである。わたしは休憩室のちょっとした、隙間に一方の眼をあてた。しかしそこに集まった人々を眼にする前に、聞こえてきたのは、あの男、屋島女子高弟に車の運転をさせて、その横に上半身をのばすようにして掛けていた男、南里豊国信用組合長の部屋の前で紅花染のブラウスを着た若い女と、互いに握り合っていた手を、ふりほどき、中に、ともにはいって行った男、そしてこの行田陣太郎氏の運転手兼秘書である男の声である。

「俺はもう、こんな秘書役は、御免こうむるよ。おさらばする時が来たと言ってるんだ、もう、いいだろう。行田陣太郎さんよ、いつまで、この頭を買いとっていようというのだね。もう、これ以上は、ならないったらならんのだ。田の中に温泉のボーリングをして、まわりの土地の値段をつりあげることも、考えてやった。日津木好胤を、ひろいあげ、インドのマドラスにあってヨガを学べる聖者、ヨガ道場と診察・治療院の大先生に仕立てあげることも、考えてやった。ついで南里豊国信用組合長が、無担保で大金を下請の中小企業工場に、賄賂を摑まされて貸しつけ、こげついて、泣きを入れてきたのを、融資して救いあげ、その代りとしてこの辺りの土地の将来性を宣伝させ、多くの買い手を送りこませるのにも成功させた。そしてこんどは一流温泉旅館に融資して旅館にヨガ道場の長期会員の世話を見させるという計画もたててやったよな。……しかしもうこれで、おしめえよ、すべてはこの湖のアオコを売りものにして成りたったものよ。俺は、もうこれでおきてえのよ。俺はアオコを売るのは、よしにしてよ、ここから、一目散に逃げのびてえのよ。わかるかよ、え、この俺の言うことがわかるかよ、……わかりゃしめえよ、え、南里さんよ、いまじゃ、信用組合長じゃなくって、高利貸しじゃねえか、いかに温泉旅館の弱体経営につけこむったって、ちいと、承知しかねるってものよ……。いいや、そのようなことは、どうってことはねえのよ……。この俺は、アオコ売りにもうなりたくねえのよ、いまじゃあ、アオコがこの俺の身体のまわりに、うようよしてやがってよ、俺がアオコを可愛いがりゃ、アオコの方もまた、この俺をかわいがってくれるよ……この可愛いアオコを、この俺が、どうして売れるってんだ。え、わからんだろう。俺は屋島女子高弟さんとやら、また井勢井京南里豊国信用組合長秘書さんとやらも、拝借したよ。しかしいずれも、お下がりばかりじゃねえ、そうだろう。いつまでつづきましょうかね、アオコを売って、お下がりをあてがわれて、変わることのない、この時間は、一体、どなたのものでしょうかね。すべて返上いたしやしょうや。……」

「わかっている、五色君、君に話して、相談にのってもらおうと思いながら、おくれたんだ。待ってくれ、お願いする。この通りだよ、君に行かれてしまっちゃ、この後をどうするのか、このわしには、その力がないことは、十分心得ておる。どうあろうと思いとどまってもらわんければならん。……この通りよ。」

休憩室の出口のところに突っ立って、両手を突き出し、いまははらばうまでにして懇願してみせる三人の男の頭を上からおさえつけているのは行田陣太郎氏の運転手兼秘書である。

「ただただお願いするばかりと、このようにお願いしている。どうか事なく入れて頂かんければね。もちろんこれからは、いままでとは、まったくちがった条件で、事は運ばれる。そうだ、そういうことだよ。」日津木好胤氏は五色秘書の前に体を投げだし、大きく胸を開いてみせる。彼は五色秘書の両足に両掌をそえ、まるで屍のアーサナを行じているかのようである。

「そう言っておるので。このわたしも、同じことを考えてきておる。あなたにここを離れられては、このわたしの本陣の礎石は除かれ、わたしは、知っての通りくずれ去るばかりだよ。どうか、思いとどまって頂きたいと、このようにまでしているのが、精いっぱいのところを見せている。こうだ、こうだよ。わかるだろうが。」南里豊国信用組合長は同じように五色秘書の前に体を投げだし、大きく胸を開いてみせる。彼は五色秘書の両足に、うやうやしく両掌をそえる。彼はまるで屍のアーサナを行じているようである。

しかし五色秘書は黙ったまま、身動きすることがない。わたしは、戸をあけてなかにはいって行った。そして五色秘書に即座に頭を撃ち破られることとなったのである。

「おい、このアオコ頭さんよ、一体どうされたんだ。え、アオコが頭のなかに住みついてしまって、どうすることもならん、とか言いながら屋島女子高弟とか呼ばれているお方の、屍のアーサナの実技指導を受けてアオコが頭いっぱいに繁殖して、悲しい悲しいって、鳴きに鳴いているって、いうんだろう。いいだろう、誰もが同じことを聞かせてくれるんだからな。」

そしてわたしの頭は、一挙に昇って来る何十億という増殖しつづけるアオコの群の熱波に近い鳴き声に満たされ、まことの住み着くところのない、しかももはやこの地から離れることのできぬ、哀れで滑稽な男の仲間入りをすることとなったのである。

# 死体について

# その一

電話が鳴っている。それは彼の耳を埋める。それはしばらくして鳴り止んだが、ほんの三分程もすると再び鳴りだし、いまでは、彼の全身を撃ちつづけるようである。もちろん電話の相手は彼がそこに横になっており、やがて電話口に出るにちがいないと知りつくしているのである。

電話は鳴りつづける。それは赤く塗った消防車が険しいサイレンの響を押しひろげ、信号を無効にして、交叉点を斜に渡り、その大きい図体に重い速力をつけて、ひとびとを四方に飛び散らせておいて、ただひとりそこに取り残された彼を、上から威すくめるようにして、その異様なボデイの下に引き入れ、身動き一つ出来ないようにしてしまうかのようである。

部屋の隅の小テーブルの上に置かれた受話器も、ついに赤い炎を放ち、赤い細い掌のようなものとなる。彼にはそれが見える。その掌は赤い色を放って、彼がそれを取り上げることを、求めている。求めているというよりも、命じている。何故、赤い炎が命令なのか、彼には十分解りはしない。しかしその赤い炎は、闇の中で、その方を向かずとも、彼の眼にいよいよ鮮かに、映り出ている。

電話は鳴りつづける。しかし電話に威すくめられたまま、動けずにいる彼は滑稽である。電話に取りおさえられ、その小さい重量の下敷きになっている人間はたしかにこの世に可成りの数いることはいる。

　ビジネスマンの半数といって、それでは余りにも多すぎるとすれば、その十分の一がそうにちがいない。その誰もがこのように電話が赤色の炎を発して命令しているのを、見るだろう。しかし電話が、身動きすることの出来ぬように彼をひき蛙のように圧しつけておきながら、しかも他方では、立上って受話器を手にとるようにと、命じているとすれば、それは、また、まことに、おかしげなことである。

　しかし闇の中の電話は、このおかしげな作用を彼に対して、しつづける。それは少くとも数分間はつづく。電話は鳴りやむが、それはほんの僅かな間のことにすぎない。電話は再び、鳴り出し、鳴りつづけ、そしてまたもや、赤い炎を放つのである。

　そして電話が赤い炎を放つように、彼の身体もまた同じようにいまにも、赤色の光を内から放ちだすのではないかと思えるが、そのようなことは起りはしない。彼の身の内から発するものは、ただのじめじめとした、いたって陰気な水分だけである。それを汗ということは出来ない。それは冷汗でも寝汗などでもない。……ただ薄い水分が彼の身体を、うすく、一面におおいつくすだけである。

　しかし彼は、自分が、こうして寝床の上で動かずにいることが出来るのも、後僅かばかりの間のことにすぎないということをよく知っている。この真夜中にかかってくる電話の命じるところに彼はついには屈服しないで、すますことは出来ないのである。彼を待ち受けているものが何であるかを、そしてその待ち受けているものが、彼にのみきこえる声を放って彼に囁きかけているのを、彼はすでにその身に知らされている。彼はそのやさしげな、心細そうな声の言うところに、そむくなどということは、到底出来はしない。

とはいえ、それはいま、鳴っている電話の音、などとはまったく、ちがった別種の音響によって組立てられている声である。そしてそれはまた、彼が立上って受話器をとったとして、耳にあてたそこから、聞こえてくる声なども、まったく、ちがったものなのである。

部屋の隅の小さいテーブルの上に置かれた受話器は、再び赤い光と熱を発し、赤い長い掌のようなものとなる。すると彼の身は臘で出来た、棒状をした、しかし光と熱に出合うや、たちまち、その周縁部が融けて、液状のものとなるような、まったくあきれはてた、その正体を、現しはじめることとなるのである。もっともこのように正体などといっても、それは彼の正体のうちのただ一つにすぎないと、いっておく必要はあるだろう。

谷杉は、ついに、電話の音の命ずるところに応じなければならなくなって、立上り、電話に出た。

「もしもし、谷杉さん。……いまから、すぐに出向いてもらえますか。」向うの声は、谷杉の熟知している、何の変哲もない、また、いたって事務的な、ただ、一寸、濁ったところのある声である。

「…………。」谷杉は、なおも、未練がましく、最後の、まさに最後の沈黙を保ってみせるのだ。

受話器は耳の横で鳴り、やがて耳のただなかで鳴り、すでに口の辺りまであつい熱を噴きかけてくる。

「もし、もし。聞えまっか……。谷杉さんでんな。……すぐ、出向いてやってもらえまっか。」

相手の百塔社の総務主任の、今度は、前と同じく事務的ではあるが、辺りかまわぬといった風の声が、谷杉の耳のなかに、さびついた注射器の穂先を突き入れてくる。すでにいまでは、まったく慣れ切っていなければならないにかかわらず、一瞬、その注射器なるものが、まるで遠い昔、武士たちの使った、しかもそのまま手入れすることもなく、天井かどこかに放り込まれて時を経た槍様のものでもあるかのように、太くて長く、重々しく、しかも、少しくユーモラスにも、その穂先が、まったく用にたたないほどにも、さびついてしまっているのが、あざやかに眼に見えてくる。しかしそのさびついた穂先を備えた槍はかつて彼の家の倉庫か、なげしか、屋根裏か、どこかにあったものであるものようにも思える。とはいえそれがどこにあったのかは、いまでは、はっきりと思い出すことはきわめて困難なのである。というよりも、彼はもっぱらそのような記憶の外の方にいるようにしていたいし、またそうしようと考えているのである。

「もしもし、谷杉はんでんな。……それやったら、いま、すぐ出向いてくれはりまんな。」

受話器のなかの言葉は、前と同じものであって、ほとんど変るところがない。もし少しばかり変ったところがあるとすれば、それが前よりもその威圧力を加えたということだけである。とはいえ、それは、或はまったくただ、たんなる主観的な変化にすぎないともいえるだろう。いうならば、その気のせいということにすることも出来なくはない。そしてもちろんこの言葉によって、全身の重みと平衡とを引き受けている両足の打ち払われるのは、半かがみになって身を保っている谷杉だけにちがいない。部屋のなかのその電話テーブルの置いてある僅かな空間だけがこの板の間には仕切られてあるのだが、もしその板の間にぶっ倒れでもするならば、頭か、肩か、顎か、どこかに、ひどい打撲傷をうけることになるにちがいないというのが、この真夜中の電話に出ているときに、しばしば、考えることだった。

しかしそのようなこととはかかわりなく、彼の身体のうちに淋巴液《りんぱえき》の移動がはじまっていて、彼が窓辺のところに置いている水槽のなかの金魚のように、その半身をひるがえすと、その鱗《うろこ》が腹のところで、またたくような光を発するのが、彼のすぐ近くのところ、彼の身の内か外かわからぬような、ほのぐらいところに、きらりと見えるようである。

「はい。……でも、どうもいま、体がつかれ切ってますので……。」谷杉は言った。その抗弁が、またまったく無駄骨折物であることは、彼にはよく解っている。しかし無駄骨折と解っていながらも、それをしなければ、ほんの少しでも時間を向うへと押しやることは出来ないのである。

「疲れとか何とか言うてて、それで、死んだもんが、待ってくれまっか。え、死んだもんがな。いつも、言うてることやないか。」

「はい。それは、よく、解っております。」彼の両眼は薄い闇の部屋のなかで内から開いてくる。

「でも、そう言われましても、ぼくも、疲れが出てきました。さっきから、急に全身に疲れがぐっと出てきましたもので……。」彼は自分が完全に相手の手の中に握られてしまっていて、首筋の後のところに、その若年時に激しい土木工事方面の労働をしてきたことを、あらわに示している硬い筋目のあるその掌が当てられているのを感じる。相手の匂う呼吸が両の襟筋にかかるのを避けることなどもはや出来なくなってしまったことは、明である。

このようになれば、いかなる度はずれたことを、彼が口から出そうとも、いまのこの局面が、まったく別のところへと導かれるなどということは、ありえない。宇宙服でも着込んだ男でも、いま、ここに、現れでて来て、彼にまったく別個の行動をしいる強制をもたらすことがない限りは……。

しかし、宇宙服を附けた男のお出ましなどというものは、いまのところ考えがたいことである。
「全身疲れが出て来ましたと急に言われても、困りまんな。そうでっしゃろ。こっちゃ、死人でっせ。死人が出たんやよって、どうしようも、あらへんのや。解ってまっしゃろ。そのまんま、すぐにと、向うはんへ出向いてもらうほか、あらしまへんで……。解ってまんな。出向いてくれまんな。」

死人が、この世の中の如何なるものをも越えていることを強調するその声は、最も高いところから、最低の位置にいるこちら側を、その白眼の部分のめだつ大きい眼で、見下しているだけである。しかし死人を数多く取扱ってきたから、死人がなんであるかを、総務主任が、かつて考えたことがあるだろうか。もちろん一度もないといってよい。しかし死人とは一体何だろうか。

「はい、はい。それでしたら、出向くことにいたします。解っております。」いまは、自分の言葉をピンポン玉のように口から次々と飛び出させるようにすることだけが、谷杉に残されていることである。言葉は彼の口から口ばやに軽々と出て行き、すぐにもおわりとなる。そしてもうそれ以上、彼の口から出る言葉はない。しかしこのようなことは、電話の相手には、何事にもなりはしないし、また、何のはたらきもするものではない。谷杉はそれについても、よく知っている。しかし死人とは何だろう。

「そんなら、こちらへ来る途中で、電話を入れてもらえまっか。清《きよし》が小橋のところまで行って、拾うように、しときますよってに。清は、もう、十分以内には小橋へつく。天屋の近くで、旧家という、触れ込みやけれども、どういうあたりの家柄か、それは行ってみんことには解らへんことでな。特印でやってほしいと言うて来ているのやよって、念を入れて、そそうのないように、十分気をつけて、あんばいやってあげてほしい、な。よいやろうな。場合によっては、今夜は、はずむべきものを、はずむいうことにも、なるかもしれしまへんよってな。そのあたりのことは、こっちからも、先方はんへ、よう言うときますがな。家の場所、目印など、一切は清にいうてある。一寸、さがしにくいところらしいけど。清にまかせといてやって。……よろしいな。」

「はい、よろしいですよ。ちゃんと、相務めますよ。」谷杉は、いまは、いささかの抵抗も放棄して、一切を観念したかのように、短い言葉で、おさめる。

「それで、死人は脳血栓が原因で急死ということなんやけれど、死人をどのように取扱うか、それを、ように考えておいてもらいとまんな。このことは毎度のことですよって、改めて言うこともないと思いまっけど、念のために、言うときまっせ。よろしおまんな、お願いしまっさ。救急車を呼ぶ間もなかった、倒れてから、十分とたたんうちに行ってしもうたというのやよってに、文字通りの急死で、いま頃は、縁戚が馳けつけてきてはるか、それとも縁戚が馳けつけてくるまでに死人のまわりの飾りつけを、終っておこうというところかも知れん。その辺りのことにも、ように気を配ってな。そう、少しの気のゆるみもあってはなりませんぞ、よいですか、万事に気を附けて、事にあたられい、よいな。」

谷杉陽一は、最後のところで、急におどり出した総務主任の言葉を、「心得ましてござります。わたし奴、命にかえまして、事にあたってまいります故、御安心召し下され。」とでもいうような、猿芝居のなかの言葉ででも、受けてみせてやろうかという気を起し、実際にそれを実行した時のことを考えてみて、全身が冷えて行くようにも思い、電話を切って強く息をはいた。その息は彼のなかで長く鳴っているかのようだ。

深夜の仕事のはじまりである。谷杉は枕元の上の螢光燈をつけたが、机の上の目覚し時計は一時をすぎている。彼は電話を置いてある小テーブルと反対側の洋服ダンスから黒色の服を取り出して着け、黒のネクタイをしめ、タンスの奥にしまい込んである道具カバンを右手に下げて、下宿のひとを起すことのないようにと注意して、下に降り、表戸をひらいて、戸じまりに気をつけ、歩きだした。

　彼は少し入り組んだ、左へ左へと折れている道をたどり、黒い大きな葉の塊りを道の方へつき出している背の高い木の繁みのある小公園のなかに、橙色に輝く低い柵を越えてなかにはいった。柵のすぐ下の、少しひらけたところに新しくつくられた、公衆電話が、最近、彼が深夜家を出てから、仕事のためにもっともよく使う電話の一つになっている。もっともここでは、用件はおよそ、三分以下で片附く。しかし四角形の黄色の電話器は、用件をすませてしまって、再び街の暗い道にはいっても、ふと、急に頭のなかに、それがいつまでも、備えられていて、つい先刻交した相手との話を、限りなくくり返しつづけているような思いにさせられる。

　谷杉は、百塔社の徳平総務主任を呼び出した。

「もし、もし、谷杉ですが、清さんはもう社を出てくれましたか。小橋のところへ、このまま、行けば、それで、よろしいのですか。……その後、何か変ったことでも……用意はすっかり出来ております。……はい。」彼は丁寧な仕事言葉を用いて言う。彼は、いまでは、気を取り直しその両脚もしっかりとして、明るい電話ボックスのなかに立っている。

「小橋のところへ、いつものように行って、待つ。それで、よろしい。ただ、いま、今夜の先方さんが、旧家の家柄ということで、この話がきていると、さっき言いましたけど、旧家は旧家やいうことやけども、どうも、街での評判は、よいとはいえんということで、何か、あるんやないかと電話が、いまのいま、はいってきたところで、話に少しちがうところが出てきているということに心を置いて、ように注意してやってほしまんな。よろしいか。」総務主任の言葉は、終りの方になるほど、せわしげになる。

「何かあるんやないかいいますと、どういうことになりますか？」

「何かあるんやないか、いうのは、何かあるんやないかやないか。それがどういうことか、いう位は、わざわざそれについて言わんでも解ると思うがな。こういうことは、電話などでいうことのできるようなもんやない。よう考えてみてほしいな。……これでよろしいな。……え、よろしいな。」

「はい。よう考えることにします。」

「そんなら、行ってくれまっか。」

「はい。行ってまいります。」谷杉は言い、電話を切り、ボックスの外へ出た。彼の小橋へと向う身は、いまは、むしろ身軽である。狭いボックスの外に出て、公園通りの少し広いところへと出たからでもあるが、彼の心の隅の方に、じりじりと小さい音をたてて燃え始めるものがある。そのじりじりとものを焦す微かな音が、いま、掛けたばかりの耳のうちに残っている電話の冷酷な凍えて熔けることのない残音を、次第に遠くへと追いやってくれるのが感じとれる。

道は少しずつ暗くなり公園通りをすぎて、再び左へ左へと何度か折れて、ようやく、小さな堀割り沿いの道を行くことになる。

堀割りとはいっても、かつてそこにはコンクリートの頑丈な岸壁の堀割りがあったことがすぐに見てとれるほどにも、コンクリートの岸壁の上部だけが突き出ていて二メートルほどの間隔をとって二列に長くつづいているのである。もちろん堀割りには厚い、むき出しの板が張られて、その下の水の流れは蔽われて人目に見えぬようになってしまっているとはいえ、その板敷は、時の作用を受けて、ところどころ破れ目を見せており、もしその上をかまうことなく歩こうものなら、急がなければならない両足は、たちまち見事にその破れ目のところで、うちとられてしまうにちがいない。

谷杉は道を急いだ。もちろん破れ跡の見てとれる板の上ではなく、岸壁のコンクリート敷の左側につけられた細い道である。この堀割り沿いの道には、民家が両側からせり出してきており、用心深く身をかがめなければ、頭を突き出たトタン屋根にぶつけなければならない難所がところどころにあった。それは違反建築物なのだが、もともと、この堀割り沿いに並んでいる家屋そのものすべてが、違反建築物というべきものだった。この辺り一帯は、戦争中戦災によって焼け野原となり、戦後ここにバラック、掘立て小屋を建てた人々がいかに追いたてをくらおうと、何度も舞い戻って居坐り、この小さい家並みを確保しつづけてきたところだといわれている。

しかしこの堀割りをふさいであった板敷が破れはじめ、その上を通行する人がなくなり、さらには細い堀割り沿いの道を利用する人々の数も一挙に減ったと見るや、道にはみ出たトタン屋根の三畳、或は四畳敷の小さい家屋の増築が軒並みにはじめられた。もちろんその小屋掛けは、各自の手でつくられた、まことに素樸なものであるとはいえ、その外観は決して見苦しいというようなものではなく、板壁の塗料、特別に細くした窓枠《わく》などに工夫の跡が見え、白ペンキの色などが、夜のなかにも、鮮かに眼にせまってくる。

とはいえ、堀割りの破れ板の隙間から立上る臭気に耐えるには、かなりの忍耐心が必要だった。そして谷杉は先刻百塔社の総務主任を相手にしての、その受け答えのなかで見せたように、その必要な忍耐心を身につけているといってよかった。しかもここでは、相手は人間ではなく堀割り沿いの道なのである。道は用心深く、構えて、しかも急ぎさえするならば、思い通りに、行き先きに着くことが出来る。気をつけるべきなのは、歩幅なのであって、決して大股で歩くことは許されない。小きざみに、身をかがめながら、歩みをはやめ、一気に難所難所をくぐりぬけるように歩くのである。

谷杉は頭を下げ下げして、次々に現れ出る左手の、じつに親しみのある、身をふるわせるようななつかしさを、少し消し去り薄ぼんやりとしたものにして、照し出してくる、次々と現れ出る屋並みの奥の明りや板壁を飾るとりどりの色彩《いろどり》や人影などに、その横目を把えられながらも、また、何度聞いても秘密めいていて、魅力を失うことのない、特別なリズムを備えた、すぐ間近に聞えてくる人々の声やテレビやギターやＦＭ放送のジャズなどに、耳をとられながらも、その堀割り沿いの道の果てるところに、ただ、急ぐ。そこには、小さな運河があり、その小運河の少しのぼったところに、小橋があってそこに清は待っている筈なのである。

小橋のところに停っているのは黒塗りの車である。それは谷杉の前に異様な囚人を運ぶ小型護送車のように現れた。しかも彼がその車の前のところに着くのと、その車がそこに停るのと、ほとんど同時だといってよかった。しかし谷杉は小橋の手前からその黒い車が左手の方から走ってくるのに眼をとめていたのだ。彼はこれが清の運転してきた車であるなどと考えることは出来なかった。清が彼を迎えて、のせて行く車は、いつも、グレーのヴァンときまっていたからである。赤色の塗料を用いた、少し黒味を帯びた小橋の橋の手すりの向う側に、空中に浮上するようにしてあるヴァン。それは彼をのせて走りつづけるうちに、向うから来る大型車やトラックなどに、意地悪されて、接触され、たちまちにして、片方の前車輪を下からすくわれ、激しい勢ではねあげられ、清も彼自身も空中高くヴァンともども舞い上り、数秒後には、アスファルトの上に、車体と同じように、たたきつけられ、のしいかよろしく平べったく置かれているように思えるほど、小さく軽々としていて、しかも責任の所在のない、危険で弱々しい灰色のボディだった。

　囲りにカーテンを張り、長時間ひとを運ぶことの出来る柔かい坐席をつくり、可愛がりながら、そのヴァンについて清は、このようなことを、谷杉に言ってみせたことがある。しかしそれは決して自分のヴァンを、汚すためなどではなく、一寸した皮肉の言葉をむしろその車体の洗浄のために、ひっかけてみせたといった方がよかったろう。たしかにその言葉は一寸気がきいていたし、この少年の口から普段きけるようなものではなかった。それは清の自分の運転するヴァンにたいする愛着を、よく示しているものであるといってよかった。

清はすでに二十歳に近い年齢になっていたが、二十歳に近い年齢の男にしろ、それを少年と呼ぶ方がずっと当人にふさわしいと思えるので谷杉は、清を少年と呼んでいる。清は、先夜、後から超大型の外車が来てますぜ、ひとつ、ブレーキをかけて、こっちから、ひとかまし、かましたりまひょか。え、どうだす。むこうも少しは傷みよりまっけども、こっちは、十秒後には完全にのしいか三丁あがりというような具合になっていまっせ。と、このような、たあいのない冗談など飛ばしてみせたのだ。しかしこのたあいもない冗談は奇妙に谷杉の心をとらえたが、それは、ここに清の傷口のようなものが見えるように思えたからである。大型車をそれも大型外車や大型トラックを、憎々しく思っている清の心の動きは、はたしてどこから出ているのか、それが解ったかのような気がしたのだ。清はかつては、大型トラックの助手席に乗っていたことがあると話したことがあったが、その時期のことを清は、ほとんど話したことがなかった。それは奴隷車でっせと、清は言っていた。時間の黒い喪章を、運転台の眼の前につけて、後へ後へと走っている奴隷車ですぜ、谷杉はんと、清はこのようにも言ったのである。そして谷杉は御機嫌の清が、のしいか三丁あがりと調子づいた声で、言ってみせた時、彼はしばらくして、一寸した心のなかの薄明の花弁のふるえを感じさせられたのだが、ひょっとすると清は、実際に、いつか、それをやる恐れがあると彼は受けとめなければならなかった。

「いやだな。いいところ、恐いよな。え、清、お前さんが、ブレーキかけてやな。やりやがるのやないかと思うてからに、内臓が、一〇センチほど下にずり下ってきやがったぜ。」谷杉は、清が言ったことが、実際に実行されることなく、超大型の外車が、スピードをあげて、清のヴァンに強風を吹きつけるようにして追い越して行ってしまった時に、口を開いた。

「内臓がずり下りはりましたんか。それやったら、わが計画、図にあたりというところですけれども。……どうでっしゃろか。この谷杉はんが、このようなところで、その内臓がずり下るような思いをしやはるいうようなことがあるなどとはとても思われはしまへんがな。」清はスピードを落して後の谷杉の方を、確かめることなどせず、前方の最近には珍らしくなった超大型の外車の行方に、じっと眼をとめたままだった。

「いや、ちがうな。全然ちがう。思いすごしというもんですよ。買いかぶりと言い直すよ。清には、この僕という人間が、まだ解らんようだな。」谷杉は声をあげて言い、清のハンドルを握っている右手が軽々としているのを、後から覗き込むようにして、見届けた。

「この、わてのハンドルが、気にならはりましたんでっか。そうでしたら、さっきのは、もちろんのこと、冗談話ですよってな。そうなら心配されるようなことは、ちっとも、いらしまへんがな。」清の声は、少しも濁ってはいなかった。しかも彼は谷杉の言ったことには答えようとはしなかったのだ。

「そら、冗談にちがいない。こうして、まだ、空中に放りだされてのしいかにはならずに、前のまま、この車のなかにいるのやよってに。」

「谷杉さん、この僕が谷杉さんを買いかぶるなどということは、ありませんよって。谷杉さんと、こういう風に組んで、こういう仕事をするようになって、もう、かれこれ、一年にもなります。そら、ただの一年でもって、ひとが、解るかといわれれば、それまでだすけど、僕は谷杉さんのことを、あるところまで、そら、あるところまでにすぎまへんけれども、解ってるつもりだす。僕は谷杉さんが、ひとをだましたりしてはる人間などとは決して思うてはしまへん。そら、徳平のボスはただ、谷杉さんを使うてからに、それでもって、しこたま、金儲けをして、金をためるだけの人間だすけれども、谷杉さんは、そういうひとではないと、前から僕が考えてることは、解ってくれてはりますやろ。いいえ、これは別に谷杉さんに解ってもらえんでも、かまうことはあらしまへんのや。」清は谷杉を改まって、さん附けで呼んで言った。しかしその声は別に、堅いものをもってはいなかった。しかし二人の話はそれ以上つづくことはなかった。すでに二人が仕事をする目的地のところに、車がついていたからである。目的地につくや、二人にはそのようなことを話し合う時間はなかったし、二人は一人一人がそれぞれ各自の役割というものをはたさなければならなかった。しかもその役割は、ことの性質上、きわめて厳粛さをそなえることを要求されるというようなものだった。

「いや、この僕を解って下されようというその気持は、言わずと有難いことだけれども、もう、それ以上のことは、おやめなさいと言った方が、よいように思いますな。清さん。」谷杉も清をさん附けでよび、この時は、このように答えたきりだった。

黒塗りの小型囚人護送車の運転台のドアが開き、清が出てきて、客席のドアを開け、かぶってはいないのだが、運転手の制帽を脱ぐ格好を右手でつけ、つづいてまさに最敬礼に近い姿勢をとり、すぐにも、元のようにしゃんとして立つと、「おまたせいたしました。さ、お乗り頂きます。」とかしこまって言ってみせた。谷杉は、一時、あっ気にとられて、小橋のたもとのところにある螢光燈の光のなかに、あざやかに見えている清の顔を、よくよく見るが、清はその顔をくずそうともしなかった。清はいたって上機嫌なのだ。彼は上体を斜前に倒して、手の平を上にかえした右手を前にさしだし、左手はその身の後にかくして、「お乗り頂きます」の運転手の姿勢をつくってみせた。

「それでは、乗せてもらいますよ。」谷杉もまた、顔をくずすことなく、一瞬、勢をつけるようにして、車のなかに身を入れ、席に坐って、足を組んだ。

「参りますが、よろしゅうございますか。」運転手が言った。

「結構です。願います。」客は言った。

「どちらまで、参りましょうか。」運転手が言った。

「車の行く方へと参ってもらいましょう。」客は言った。

「はい、承知いたしました。車が行く方へとそのように参ります。」運転手が言った。そして車は走り出した。車は小橋の上をはしり、通りへとすべり出る。乗り心地はまことに、上々である。ヴァンの乗り心地も悪いとはいえないが、今夜のこの黒の護送車の乗り心地はまた格別である。

一体、どのような魂胆が、清に、いや、あの徳平総務主任にあるというのか、谷杉は考えようとしたが、彼はようやくにして車の走っている方向が、恐らく、目的地とは反対の方向ではないのかと、気をくばらなければならなかった。車は外燈のととのった、道幅のある住宅街を通り抜けて明るい窓のならんだ団地の高い建築物の遠くに見える地域へと向っているではないか。

「清、これは、どうも、方角がちがうんじゃないかな。……反対の方へと行ってるように思えるがね。」谷杉は、車の窓の方に身を倒し、窓ガラスに額をくっつけるようにして、街並みに眼をそそいでいたが、ついに口を開けた。「やはり、これはちがうな。」

「ちがいますかな。車が行く方へと参っておりますが。ちがいましたかな。」運転手はいたって落着いて答える。別にからかう様子もない。

「清さん、ちがいますよ。これはちがう。おそらく、ちがうと思うな。それとも、行く場所が、変ったんですかね。え、変りましたか。……」谷杉は言った。

「場所が変るなどいうことは、あるわけはございません。……すると、ちがっておりますかな。……」運転手はもちろん前を向いたままで、スピードをおとして顔を斜にしようともせずに言う。いつもの清ならば、車を出ししばらくすれば、向うから、何とはなく話しかけてくるし、「また、煙草、一本、プリーズ。」などと、すぐに、左手の拳を後につき出しておいて、ぱっと開いてみせるのである。

「それとも、こちらの方から廻って行くということも、出来るのかな。どうも、方角が解らんようになってしもうたがな。清よ。」谷杉は、道順、方角ということになると、まったく、力の持合わせのない自分のことをよく知っていた。どちらから行っても、行けるのなら、何も言うことはないという思いが彼をとらえた。少し遅れたとしても、それは、仕儀ないことである。とはいえ、死人が、彼をはやく来てくれと招いているではないか。

「それはね、僕もおんなじことで、今夜は、方角が、皆目、解らんというような具合になってますがな。徳平の親父からね、こうこういう方向というのを、聞かされている時は、ちゃんと頭に、そこへと行く道順が、きれいに出来あがっていて、それを収めて、ここまでは、やってきましたのに……。」清が言った。

「おい、清、またまた、冗談ということなら、そいつは後にまわしてくれよな。別に口を封じるのやない。車の名手たるものが、そのような世迷い言を口にしてよいのかね。残念、無念というところだよ。これは清の一世の名折れということにもなりかねないぜ。俺は記憶力が悪い方やないよってに、なにかにつけて、今夜のこの話を出すということにするぜ。……よし、決めた。」

「谷杉はん、そんなにほめあげたり、おどし下げたりしても、どうなるもんでもあらしまへんぜ。僕は、冗談などを、そんなによく使う人間やあらしまへんのや。解らはりまっしゃろ。この僕の言うてる調子を、よう聞いてくれはったら、これは冗談か冗談でないか位、すぐにも解ってくれはる、思いまんのやけど。この調子、この調子だすがな。解ってくれはらへんのでっか。」清は少し声をあげるようにして言う。

「調子、調子というが、それがな、清、その調子いうのが、また解らへんのや。ちっとも、こっちにはいって来んのや。え、どうしたというのや。調子、調子というようなことだけ言ってずにはっきり、言えよ。え、清、どうした。」谷杉も、また、清に応じて声を少しあげるようにして、返した。

「どうもしやしまへん。どうということ、あらしまへん。ただ、冗談など、僕はいうてるのやない、いうことを言うてますのや。これが冗談で言うてることでっか。え、谷杉はん、安過ぎはん、いくら、心安過ぎや、安物買い好きや、いわはったって、冗談か本心か、この違いが、解らん言わはるようなことでは、まこと、困りまんな。可哀そうなは、この子でございというような、見世物の口上のようなことになりますがな。」

「解りました。負けました。これをはっきりと言うときます。しかし清、いくら、そんなにはやしたり、おとしたりしても、どうなるものでもない。これは、さっきのお返しやが、それが冗談やないということになったら、それこそ、ほんとに困ったことになるわけやないですか。え、清《きよし》、清《せい》、清《し》。……少しずつ短くなるな。……」

「はい、そういうことになります。短うになって、そのうちに、無《の》うなります。」

「もうよい。そう、浮れ通しに浮れられては、たまらんからね。まあ、ひとの亡くなったお通夜の夜というものは、陰気にしていちゃいかんといわれてるけれども、少し度が過ぎるよ。そういうことになりますなどと、どうして言える。その上、名も身もなくなるなどというのは、よしてもらい度いよ。」谷杉は声をあげた。彼はそれをとどめることは出来なかった。彼は清に何事かが起っていることを、感じとっていた。

「いいえ、別に。ただ、事の起りは、余り乗りつけんこの車にありまんな。こんな、ほんまに行儀ばった、みてくればかり、ええという車をこの僕に運転させるいうのに、無理がありまんのや。しかしそのみてくれがええというたって、どうということあらへんのやが、それが、親父はんには、解ってぇへんのや。」清の語調はほんの少し強くなっただけだった。彼は、ちらとも顔を斜にして後に気を配ることもしなかった。

「そうか。そういうことやろな。徳平の親父が、これに乗って行けと言ったのは、わかっている。しかし清、そのことで親父と、喧嘩でもしたのか。そういうことやろ。」

「そういうことは、全然、ありませんな。……徳平の親父が、これに乗って行くようにというから、それでは、行ってきますというて、出て来ただけですがな。」清は言って、車のスピードをゆるめ、後を追ってくる車、三台を先に行かせておいて、車をUターンさせた。

「余り乗りつけん車いうたら、こっちも、そういうことやな。さっきから、どうも落ち着かん、落ち着かんという気持でいて、それがどこから来るのか、見当がつかなんだけれども、いわれてみると、そういうことかなと、いうことになってきたな。」谷杉は半ば清にきかせるように、半ば独り言のように言ったが、清はもはや、沈黙のなかにはいってしまって言葉を返してこようとはしなかった。そして彼の運転ぶりは、全く逆方向に走ってしまったこれまでの距離と時間とを取り戻そうということのはっきりとわかるものであったとはいえ、いたって物静かなものにとどまっているとしか言いようがなかった。そして谷杉にはそれが今夜の清そのものをよく伝えているようにも思えるのだ。

車はさきの小橋のところまで戻り、それを渡ると、激しい速度で、次々と他の車を追い越すようにして、大通りに出、西に向って走りつづけた。もちろん、完全なスピード違反で、深夜だといっても、交通係を警戒しなければならなかったのだが、そのようなことは、清の眼中には、一切ないのだ。もっともこれまでも、清は、このようなスピード違反の運転を度重ねてきたのだが、彼は交通係にたいする鋭い勘をもっていて、一度もつかまることもなかったし、注意を受けるということさえもなかった。

「谷杉はん、今夜、行く家のこと、お話ししときましょうか。いかがですか、よろしますか。」清は、これまで空費したと考えられる距離と時間を十分とり戻すことができたと、思えるところまで来たとき、車内燈をつけ、顔を少し斜にし、谷杉の方に笑顔をみせ、谷杉はそれをはっきりと把えた。

谷杉は返事のかわりに煙草の箱を服のポケットから取り出し、その一本をはじきだすようにして清の方に箱をもった手をつき入れた。「サンキュー。」清は左手を後にまわして巧に煙草を抜きとり、口にくわえ、ヒーターのボタンを押した。

「谷杉はん……、今夜、これから、行くところのことだすけど、一寸は、徳平はんの方からきいてくれてまんなあー、……そのことだすけど……。」清が、煙草を一息深く喫い込み、ふわーっと吐き出しておいて、話しはじめた時、くゎーん、くゎーん、くゎーん、ビュール、ビュール、ビュール、ビュールという、警報とも、サイレンともつかない音が、二人の身を撃とうとでもいうように車にはいって来た。そしてその怪しげで、おかしげで、二人を脅かす音は、強まる一方だった。清は口を閉ざした。その首は真直につったっている。

「おかしげなサイレンやな。何やろな。いまのこの時間に。」清が言った。

「何かな。おかしいな。もう、二時前だろう。」谷杉が言った。彼も煙草に火をつけたが、一口喫っただけで、前の灰皿を開いて、捨ててしまった。

「まだ、一時半でっけどな。これまで、きいたことのないサイレンでんな。わるいな。今夜は、ようない。」

「ようない？　悪いか。しかしこの車にかかわりが出てくるかな。……二時までには向うにつきたい。遅れても二時半までにはね。今夜は悪いなどとは、言わんでおいてほしいよな。」

「しかし警戒線にひっかかったら、事ですがな。どうも、ひっかかりそうでんな。ああ、やってやがる。」

　くゎーん、くゎーん、くゎーん、くゎーん、ビュール、ビュール、ビュール、ビュール。サイレンは、引きつづき、車体を撃ちつづける。

　時限爆弾が仕掛けられているのが判ったというのではないでっしゃろかと清は言ってのけて煙

草を深く喫い込み、遠方を、じっと注視しつづける。かなり遠いようでもあるし、ごく近くのようでもあってどうも距離がよく測れない。ききなれないこの音響に、車が、翻弄されたんでは、たまらしまへんなと清はつけ加える。しかし時限爆弾などが仕掛けられるような目標物がこの辺りにあるようには思えないがと谷杉は言った。しかしそれはすぐに清の反撃に出合わなければならなかった。

なさそうであるといえば、そうでっしゃろけれども、あると、見れば、いたるところに、その目標物となるものが、あるのとちがいまっかと清は言う。そして、目標物の普通名詞を彼は次々とならべたてる。大工場ではないけれども、醋酸工場、窒素肥料工場、燐酸工場、洗剤工場、染料工場、熔接工場、ペイント工場……まあ……化学工場の巣というところでんな。それにポリス・ボックス。清はなおもつづける。やめるんだよと谷杉が声を強めたが清は、きき入れなかった。こうして、喋っていないことには、あのサイレンの音に、車のタイヤが、引きずり込まれる恐れがあると清は言うのである。「それじゃあ、喋れるだけ喋ってもらいましょうよ。受難の夜を迎えるというようなことになっては、つまらんからな。」谷杉は言ったが、それは、清のお喋りを活気づけるのに役立つばかりということになったようである。しかしこれもまた、この夜を一つのこれまでとはちがった至極にぎやかな夜にしたといってよかった。

「それとも鉄道線路に欠陥があることが発見されて、現在その修復工事が続行中であるという警報でっかな。」

「しかしこの辺りに鉄道線路があったかね。この辺りにはなかったように、僕は思うけど……。しかしこれも解らん。」

「連発でんなあ。今夜は、わからん、わからんの連発でんなあ。それもよろしま。しかしこの辺りということではないけれども、少し距離はありまっけど、運河沿いの福見新線がついこの間、伸ばされたところですよってなあ。とにかく速度のはやい列車の線路の故障は、増える一方といてます。これを、ヤングの寝耳、嘘耳と谷杉はんは言わはりますか。まさか谷杉さんまでが。いや、よろしいが。」

　くゎーん、くゎーん、くゎーん、くゎーん、ビュール、ビュール、ビュール、ビュールというサイレンの音。それは、いまや、何か警報の一種であることは、確実であるといってよかった。それは、いよいよ、高くなって来る。

「故障、それから事故。しかし事故のことは、しばらく言わんことにしようや。事故、事故、事故、事故は、いまや、日本の屋並のようなものだからね。数えたてるようなもんではなく、その上を、歩いて行かねばならんようなもんだよ。」谷杉は言うまいと考えていることを、つい口に出して言ってしまったという思いにとらわれる。殊に今夜は、このようなことは、言いたくない、言いたくなかったという思いが、彼の頭を縛る。「このような車に乗ったか、乗せられたか、このような肩車にのったか、のせられたか、そいつは解らんが……また、解らんの連発やけど、そいつは解らんけど、このような護送車のような車のなかでは、こんな煙草ではなくて、葉巻でもくゆらせて、すべてを煙に巻くとでもいうようにしていなくてはいかんのやけれども、どうも生憎と、葉巻の持ち合わせなど、あるわけはなし。どうやら迷論みたいなことを言う、はめに落されてしまったというわけ。もち論のこと、迷論の迷は、迷うの迷で、迷論。今夜の車は、もちろん名車じゃなくて、迷車。だから迷車のなかでの迷論ということになりました。名車の名は、名あるという名で、迷車の迷は、道に迷うの迷であることは、言うこともないだろうが。」

「迷車の運転手は迷運転手でしょうが、それは、別にかまいまへん。ところで、その護送車というのは、一体なんでんなのや。ゴソウ車。」

「囚人を護送する車を護送車ということ位、解らんことはないだろう。清には、解らんとは、言わせんよ。」

「多分、そういうことやないかと思ってましたけどもな。きいて、たしかめとかんと、後送車のことや、兵隊を後方へ送る車のことや、ヤングは、言うことは言うけれども、何を言うてるのか、自分でも、解らんのやないかと、来られますよってな。……しかしこのような護送車のような車のなかでは、葉巻でもゆっくりくゆらせて、煙に巻くことが出来たら、とか、おっしゃられましたけど、ここら辺りでそうして頂くことにしまひょうか。え、その葉巻とやらいうのを、出しまひょか。……はい、ここに、こうして、ちゃんと用意してきておりますがな。おやりになられまっか。ほなら、どうぞ、これを、お取りになられて。はい。」清は黒い上衣の内ポケットから右手で細長いパッケージを取り出し、後手にそれを谷杉の方にさし出した。

「ほう、清、葉巻を、あんたがね。パッケージじゃないか。まさに驚きだね。……そうですか、やはり、いよいよ、こいつは、護送車ということになりましたか、いや、結構です。それなら、一本、頂きまひょか。……しかし、たしかに、用意周到にして、瞬時即妙という形をよくとったね。清も、手があがったね。……」谷杉はもちろん驚いたのだ。この清と葉巻煙草と、かかわりがあるなどとは到底考えることなど出来ることではなかった。そして彼のその驚きは、むしろ驚嘆といった方がよいほどのものであった。葉巻のパッケージを、それも幾箱か、この清が、上衣のポケットに用意して来ていて、即刻その一パッケージを彼に突きつけるようにしてきたというのは、何ということなのだろう。彼はまさに護送車で特別に送られていく一人の囚人であって、このパッケージは、その囚人にたいするお情けの葉巻ということになるのか。しかしそういうことをさせておいて、それでそのまま、ここに坐って静にしていて、よいと、考えるべきなのか。別に、あわてることもないな。

「護送車やろうと後送車やろうと、車の参るところへと参りますぜ。……品物は、上等というわけには、いかしまへんが、そんなに悪いもんやあらしまへん。ハバナですよってな。」

「ハバナですか。そうでしたか。」谷杉はパッケージを受け取り、そこに、その品名とマークとを認めた。彼はパッケージを開け、一本の葉巻煙草を取り出し、足を組み直し、葉巻を鼻のところにもって行き、その甘さと冷たさと熱とをもって鼻孔にひろがり、やがてそれを占領するに至る独特の匂を嗅いでおいて、すぐにその端のところを歯で嚙み切り、口にくわえ、今度はマッチをつけて、少し手間どり、火をつけ、喫い込んだ。

「まさに葉巻だね。しかしこういう物があるのならあると最初から言うて出してくれたら、もっとよかったな。それだと、この護送車もまた、その護送車としての値打ちを、はっきりと示したことだろうよな。そうやろうが。しかし三べん廻って煙草にしようということも、また、あるわけで、丁度、三べん、廻り道をした、ここのところで、これが出されて来るということなどを考えると、たしかに出どころ丁度のところに、こういう品物が、言葉通りに出て来たのだからまあ、ことやかましく、言うことはないよな。僕はしばらくこれを楽しませてもらうことにしますよ。」

乾いた冷いといってよい煙が口のなかにひろがり、額の辺りをつつみ、車のなかに行きわたる。しかし考えてみれば、葉巻煙草というものは、死人の出た夜に、出てくるものなのである。葉巻煙草が別に挨拶しにくるわけではないが、ひとが死んだ時に、この葉巻煙草が谷杉の手元に寄せられるということは、決して稀なことではない。

死んだその人が葉巻好きであるという場合、そのお通夜に、死人の愛好した葉巻を通夜の客に出す用意をしている遺族は少くない。葉巻の愛好家には二種類あって、手元に蓄えた葉巻をひとに絶対にすすめることのないひとと、惜みなくひとに呉れてやるひととがあるといわれているが、どうやら前者の方がはるかに多いということである。そしてこの前者の手元には、何百本、何千本という世界の葉巻類が、葉巻箱、何十箱かに大事に仕舞い込まれている。そしてその手と身体には葉巻の香りが滲み込んでいるのである。それは生前そのひとの近くに寄るとき、ただちに、香りとなってただよっているのが嗅ぎとられるが、谷杉はその死体の発する葉巻の香り、すでに変質しようとしている、というよりも変質した、死体の発する葉巻の香りを知りつくしているが、その死体の放出する葉巻の醜い香りを嗅いだ鼻孔を、元に戻すためには、同種の葉巻の香りそのものが、必要であることも、よく知っていた。谷杉は、自分が、この清にたいして少し考えちがいをしていたことを、ようやく明にすることが出来たのである。しかし油断することは、許されないだろう。

「今夜の死に人《びと》は、葉巻好きのひとだね。そういうことだろう。違いますか。」谷杉は切り出した。

「はあー、それが、谷杉はん、解りまっか。……どうして、それが、谷杉はんに……。いいや、解りました……。徳平はんから、聞かされてはるというわけでっしゃろ。電話でな。そうでっしゃろ。」清のいうところはまことに簡単である。

「いいえ、僕はそのことについては、何もきいてはいないよ。しかしな、清が葉巻煙草のパッケージを幾箱か用意してきていることが解って、それで考えると、今夜の死に人《びと》は、葉巻愛好者のうちにはいるとしか考えられんのよ。葉巻好きのひとが亡くなった時、そのお通夜には、葉巻がそっとその仏前に、またその遺体の前の小机の上に、供えられたり、或はまた通夜の客に、全部の客というのではないけれども、特に親しかった人々に、出されて、その遺体を安置した部屋のなか、遺体のまわりに、葉巻の香りが流れ死者の魂をいこわせようとの工夫がされる。それにしても、この清と一緒に組むようになってから、葉巻好きの死人が出たのは、今夜がはじめてということになるのだな、この葉巻のパッケージは、もちろん徳平さんが用意して、清に持ってこさせたというところですね。解ってます。」

「そういうところだすけど……。」清は短く答えて、沈黙のなかにはいってしまった。今度は逆に向うに納得のいかぬものが、生れているのである。どうもこの俺は、ただふらふらと徒に、下手な人形使いの徳平親父の手のなかにある人形のように、ただ頭をふることだけの出来る人間にとどまっていると思われているようだな。そして人形使いは、いまでは、一人だけではなく、二人にふえて、この清もまた、その徒の一人となったのではないのか。という、先程から彼のうちに動いていた疑いが、いま、一つのはっきりした形をとって、彼のうちに現れてきたが、彼はそれをそのまま、肯定することは出来なかった。まさに彼は、いまは、人形使いの人形になりさがっていることは認めなければならないが、この人形使いと人形との関係は、やがては、まったく逆のものに転じることとなるという考えが、彼のうちにはないわけではない。それに徳平親父と清との関係は、たしかに、これまでとは、ちがったものになろうとしていると感じとれるが、それも、また、未然に防ぐことが出来ないわけではないだろう。とこのように考えるのは、まったく、事がどのように進行しているかを把えることが出来ずにいて、後になって、突如としてあわてふためかなければならないのが常である、この自分に、まさにふさわしいところというべきだろうか。

少しずつ遠ざかり、次第に消えて行き、ついに聞えなくなっていたサイレンの音が、再びけわしく二人の身体を攻撃しだした。

くゎーん、くゎーん、くゎーん、くゎーん、ビュール、ビュール、ビュール、ビュール。しかもそのサイレンの音が再び二人をめざすようにしてやって来た時、二人は救われたもののように思った。それが、行方不明になったままの状態が余りに長く続いていたからである。それが何故に消えて行ったのか。その理由は判然とはしなかった。二人の乗っている車が、その警報の一種であるサイレンの音源から遠くはなれてしまったのか、それともサイレンそのものがついに発せられなくなった——事故が未然に、何等かの形で防止され、そのためにサイレンによって警報を発する必要というものがなくなったのか、二人はそれらについて尋ねる術もなく、時をすごしていたからである。その音がいかに奇怪で兇悪なものにみちており、二人を脅かしつづけようとも、二人の身に、その身の重さというものが備わり、その身がその身を置いているところから離れて、ふわふわと飛びさまようような状態におちいったまま、いつまでも、放置されるよりは、はるかに安たいな時が、二人の上に舞い戻ってきたのだ。

「やはり、サイレン、続いてますな。飲料水に危険物が、混入された？　それとも危険物が流入した？……。そういうことも考えられまんな……。」清は首を真直に立てて、その、まことに、いまわしく響くサイレンの音に耳をさらしつづけている。

「その飲料水の方は、考えられんだろう。いや、よい、言ってくれ、言いたいだけ言うんだ。

……」谷杉はサイレンの出されている方角を、とらえようと、耳元に力を集中する。

清は首を真直に立て、左手を後に出して葉巻を握り取ると、横っちょにくわえた葉巻に巧みに火をつけ……、葉巻の先を赤くさせたり、黒くさせたりしながら、くゎーん、くゎーん、くゎーん、くゎーん、ビューール、ビューール、ビューール、ビューールというサイレンの音を、少しでも遠くへと追いやろうとして格闘しているかのようにさらに姿勢をただし、いまは、その車には、他の何物の音もはいらないとでもいうように黙ってしまった。

「黙ってしまうのか。あの音を聞いているだけでは、何が起っているにしろ、それが何かというようなことは、解らせんやろう。」谷杉は言った。とはいえ、彼は別に清に注意をうながすなどというような素振りは見せはしなかった。また、彼はそのような気持を、ほとんど失いかけていた。

「飲料水に毒性の危険物が流入したというようなことも、考えておかんと、いかんと、思いまんな。」清は言った。彼は依然として同じ考えのところに踏みとどまっているのである。彼はサイレンの音のところに、自分を置きつづけていて、それから離れることが出来ないのである。

飲料水に毒性の危険物が流入するというような事柄は、むしろ谷杉が先に口にしているべきことだったが、それがサイレンの音と結びつくなどとは、彼には考えられはしないのだ。そのずっと先の方にある運河地帯ということになれば、また別なのだが、この水道が完備していると見られる地域にあっては、それは思いの及ばぬことである。

しかし清は突然、これまでとは、またちがった姿勢をとり、前方に見入るようにして、声をあげた。

「困ったことになりましたな。谷杉はん、警笛の鳴ってるのに気がつかはらしまへんでしたか。方々で車が警笛、鳴らしてるのに……。街の両側に警官がならんで立ってますがな。制服だけやない。アーケードの柱という柱には、私服が一人ずつ、へばりついてまっせ。どういうことでっしゃろな。前の方、車が全然動きよらしまへんのや。……通行止めですがな。……こういうことにならんかと案じてた通りになりましたな。」

清は車を左方斜にはいる広い道に入れたが、すぐにクラッチを踏み、車のスピードを落さなければならなかった。連休つづきの故だろう深夜にもかかわらず、前方は車の列が幾列も生れていて、扉を降した左側の店舗の並びの前に、制服の警官が二メートル置きの間隔をとってつっ立っている。谷杉は清に答えることなく、左の窓に顔を向け斜め向うに顔をぐっと上に上げるようにして立っている制服を見とどけ、この周囲の一定地域に警察力の支配が行きわたっているのを、知った。

「これは、いけまへんな。引き返そうかとも思いましたんやけど、もう、後には車がきてるし、それに引き返したりしたら、却って逃げだしたと、怪しまれることになりますよってな。」清は言い、車を停めた。「前の車、なんやら、たよりなげに、停りやがってからに。……しっかりしてくれ、言いとうなりまっせ。……これで十分は、おくれるいうことになりまっせ。せっかくぐんぐん飛ばしてきたのにその分だけ、ここで、また、とられてしまいまんのや。」清の言葉は泣言に近いのだが、その声は決して泣言のそれではなかった。彼はドアを開け、様子を見てくるからと言って出て行ったが、すぐにも帰って来て、運転台に身を収め、後に向き直って、この前方、ほぼ二〇メートルのところに、二名の警官が立って、車の一台一台のなかを覗き込み、さらに窓を開けさせ、なかの顔を、あらため、免許証を出させて、質問をあびせ、ようやく通過許可を出しているその模様をつげた。「何が起ったのか、きこうとしても、誰も口を開かず、さっぱり解らしまへんのやけど。やっぱり、この様子やと、あのサイレンは、警報でしたな。しかしでんな、なにし、こっちは、どうやこうや、いうても、ゆっくりと待たせてもらいまひょや。」

「そうだね、先を急ぐが、あわてることなく、ここら辺りで一休みさせてもらってもよいな。僕は、さっきから、この分では、絶対に十分位ではすまんと思っていましたものね。しかし、あのサイレンとこの警官群とを、すぐに結びつけることは、やめようや。……たしかにこの近くで事件が、何かの事件が起ったことに間違いはないだろうが、サイレンの音と結びつけるには、警官の数が少なすぎる。」谷杉は言い、しばらく辺りの様子をうかがっていた。というよりも、彼は、先程、清に言われて、自分が車の警笛に少しも気附かずにいたことを、頭においていたので、ひとりでに耳が外の物事に、ひらかれて行ったのである。そして彼に聞えてきたのは、前後、左右の、すぐ前にと出れるようにと動いているエンジンとエンジンに揺すられる車体の物音、そして自身の強くうち出した心臓のはねる音である。

「警官の数が少い言わはっても、これが、ただの事件であれば、制服だけでよいので、こうして私服が、あの店舗と店舗の間のアーケードに、一人一人、あれで身を隠してるつもりでっしゃろけども、しがみついていまんがな。……私服でっせ。」

「私服が出るということは、たしかに事件の性質の複雑なことを、示しているといえるけれども、普通の自動車強盗などでも、犯人が一人ではなく、しかも、この近辺に潜伏する可能性があると考えられる場合には、私服を同時に出動させる場合がある。僕は、それに一度、居合わせたことがある。ここからは、私服がどのように出ているか、十分、見えないけれども、たしかにその時には、私服が出ていた。」

「私服が出ましたか。」

「私服が出ていたね。制服と私服の組み合わせは、警備の妙味というからね。しかし警官の集りというのは、何かを刺戟するね、たしかに刺戟する。」

「刺戟でとどまればよろしいが、大きい打撃を受ける者どもも、いまんのや。……今夜も、これで、時間が、鳥のように飛んでまんがな。」

「しかしゆっくりと、待たせてもらいましょうということやなかったですか。……そうでしょう。ここで、あせっても、あわてても、よくないよ。」

「それで、その時の事件は何でしたのや。自動車強盗でっか。普通の自動車強盗で、私服がでましたか。」

「そう。タクシーを二人組が襲い、運転手を運転台から突き落しておいて、逃走した。僕はその事件の直後に、事件については、もちろん何も知らずに、タクシーに乗り、運転手から、警官が出動していること、私服も出ていることをきかされたよ。また、運転手さんは、自動車強盗について は、知識があって、あそこに私服が出ている、ここにも出ていると、そういうことも、知らせてくれましたよ。」

突然、メガフォンの声が、前方から、飛んで来た。「その車、その……車、ヘッド・ライトを消してはいかん。その車、ヘッド・ライトをつけなさい。そう、そう、その車、その後の車。」赤色の腕章のはっきり見える、皮製の巻脚絆をした警官が、アーケードのなかを走り出て来て、荒々しい足音をたて、走り寄り、すぐ前の車の前でとまって、窓ガラスをたたく。

ヘッド・ライトの光の輪が、さっと辺りに拡がった。しかしそれは、いまは、徒に、ただ、ただ、照すものもなく、拡がるばかりだった。辺りは弱々しいヘッド・ライトの焦点を結ぶことを許されない、光の人々の集合である。そのなかで、生きているのは、武装の制服警官のみである。生きている、たしかに生きている制服は、制し、しかり、怒鳴り、足音の乱れを響かせるばかりに、生命を充塡《てん》させているのである。

「ヘッド・ライトは、消さないで、つけたままで、いてもらいたいということは、さっきも、お伝えしたでしょうが。それは、ちゃんと、ききとどけておられる筈、ききとどけになりましたな。よもや、きいておられんとは、言われんでしょうな。」警官は車の屋根に左手をかけ、なかの運転手に向って声高に始める。彼はいま、つけられたばかりのヘッド・ライトの光のなかから、抜け出てきて、如何なる反対も決してさせることはない、もしもそのようなことをすれば、ただちに、その車ごと横の方へ押しのけさせるぞ、とでもいうような構えをつくる。それは、まことに、よく見慣れている構えなのだが、それでいて、夜のあの制服の構えとなると、その効果は全然ないなどとは、言い切ることは出来ない。その上その声は少しずつ重々しくなり、辺りにつらなる車の間にもよくきかせるためのその工夫は、夜の強固な警備陣の逃れがたい包囲が、すでに十分行き渡っていることを、知らせる力を発揮するのである。「ヘッド・ライトが消えていると、この車の前を横切る人間が出ても、それが、われわれ警戒にあたっているものの眼から、はずれるということが生れる、このことは解りますな。え。解るだろう。……はい、こちら、免許証は……。それを見せて貰おうか。はは、……見事な免許証じゃないか。飲酒運転で、注意を二度も受けているね。……うん、よろしい、それ以後に、事故はない。……ね。よろしい。……しばらく待って、前で、検問を受ける。よろしいな。」

後にいる谷杉と清の二人は、次は自分たちの番ではないかと用意をととのえなければならなかった。しかし警官は、前の車の運転手をからかい、注意を高飛車にあたえただけで、元の守備陣営のなかに戻って行った。

「このような時には、われわれの言うことをよく聞いていて、捜査に協力して下さることかと思いますな。そうすれば、このような交通渋滞も、すぐにも解けて、みなさん方も、無駄な時間をすごされることもないですからね。どうか、御協力下さるよう願います。お解りですな。」警官は、元のところに戻るにあたって、今度は少し丁重な言葉を使って、客席にいる人たちを目標にして言ったのだ。

「よう解りましたかな。そういうたかて、まるで、解ってまへんがな。何が起ったんかも、言わんといてからに、ただ協力、協力いうたかてな。その協力が出来るもんやあらしまへんぜ。そうでっしゃろ……谷杉はん。」清は言った。

しかし谷杉は答えなかった。

「谷杉はん、さっき、事故は、日本の屋並のようなものやと、そのように言うてはりましたな。」

「そんなことを、僕が言うてたかな。」

「言うてたかなて、なんでんのや。あんなに思い入れよろしゅうに、言うてはったくせしてからに。」

「思い入れよろしゅうにと言われると、これ、また、案外なことになるけれどもね……。」谷杉は、手にした、すでに火の消えてしまった葉巻に火をつけようとしたが、火はなかなか、思うようにつかないのである。「事故の方へ行こうとしていた僕の頭に、護送車というのが、急にやってきたもので、そっちの方が、どこかへと行ってしまったのよ。とに角、この護送車にのせられて走っている間は、あらゆるものが、すれちがいざま、別の形をして現れでてくるように思えるね。こんな警官の検問にしても、おかしなものでね。……まあ、一寸した、足止めにすぎんだろうが……。」

「それはこのわても、同じことですがな。護送車、護送車といわれだしてから、こっちも護送車の運転手にならないかんいう気持に妙になってしまいましてな。……この警官の検問で、誰か、逮捕者がでたら、それこそ、それをのせて、行くいうことにならんとも限らしまへんのとちがいますか。……しかしそれはそれとして、事故のことはしばらくおくことにすると谷杉さん、さっきに、言わはりましたけれども、それがそういうわけにはいかしまへんのや。これは、どうしても、言わんわけにはいかんことですもんで。……これから、行きつく、今夜の死人に属することですもんで。」

「それは聞くよ。……事故死か……何か……、そういうことか。……」谷杉は自分の頭のなかにあることを、口に出した。それはこのような時に、口に出すべきことではないことは、彼にはよく解っている。しかもそれは彼の口をついて出てきたのだ。或は事故死ではないかとの疑いは、彼が今夜徳平親父の電話を受けとった時、はやくも彼のうちに、はいってきていたのである。彼が徳平総務主任と交していた通話器を通しての言葉のなかに、その事故死という言葉、事故死というはっきりした言葉にはならないにはしても、そのまわりを廻り廻っているといってよいような言葉が、向うの口から出てくる言葉のうちに、はさまれていたといってよいのである。……清は首を真直に立て、前方の車が動き出すのを、見届けておいて、大きくうなずいてみせた。

「そういう、ことだす。しかし、事故死だんのやけども、そういうことにはぜひとも、しとうないいうのが、遺族の考えで……。しかしこのことは、わてが、谷杉さんに喋ったいうことは、絶対、内緒にしておいてもらわんと、こまりまんのや。しかし、このことを、谷杉さんには、どうしても、言わんわけには、いかしまへん。これを谷杉さんに隠したまま、今夜のことをすますいうわけにはいかしまへん。そんなことどうして出来まっか、え、このわてに。」清の言葉は少しずつ、はずんで来る。

谷杉はそれをおさえるようにして言った。「ああ、解ったよ。……すべて、のみこんだ。もう、それだけでよいよ。」

「もちろん事故死というても、自殺の疑いがあるいうだけで、遺書も、遺書らしいものも、なにひとつ、出てこんわけで……。自殺かどうかも明にできんというのだすけど。」

「よし、解ったと言ってるだろう。それは後にしよう。ここは、それを聞くような場所じゃないな。」

「それは、そういうことだす。」清はすぐに応じた。そして車を前へとすすめた。

車はのろのろと動くが、何程も前へ進みはしない。排気ガスの熱気が、しめ切ったドアーの窓の隙間から、入りこんできて、この夜中に、車でできあがった、陸の上の揺れつづけている動く小島とでもいうような、影をただよわせている、一つの集団の塊りがつくられているのが、二人には感じとれる。しかもそのたえず、左右にはみ出て、一気にふくれ上る力と熱量と毒気とを備えた、その夜の塊りは、ほんの少しずつの移動をつづけるばかりである。そしてくゎーん、くゎ

ーん、くゎーん、くゎーん、ビュール、ビュール、ビュール、ビュールのサイレンの音が、この夜の地を匍う塊のなかに閉じこめられた二人を、間違えることなく、さがし出し、追ってくるかのようである。

くゎーん、くゎーん、くゎーん、くゎーん、ビュール、ビュール、ビュール、ビュール……。事故死か、自殺か……しかし事故死というても、自殺の疑いがあるというだけで……自殺かどうかも明に出きんか……。よし、どうあろうと、その死人のところに行くまでだよ。……それが、事の始まり。そこに行けば、それで、事が始まる。この葉巻は、その事故死、或は自殺、を、煙でつつみ込むために用意されているものである。たしかにこのじつに上等の葉巻は、そのために必要であって、そしてまた、それはそれとして有効なのである。これもまた、あの徳平親父の考えたところだろうが、一体、いつまで、この俺はあの徳平親父の手の中で、じっと身をかがめて、おとなしくしているつもりなのかと谷杉は自分の身に問わなければならなかった。今夜の仕事には、何かがあるにちがいない、という彼の予測は、余りにもはやく、清の暴露によって、燃え上ろうとする、爆薬の収められた厚さをもったビニール製の大きい、幾つも突起のある容器のようなものに変えられ、彼の前に置かれることとなったのである。

しかしすぐさま、徳平親父のもとを、去り、行方定めず、歩きだすなどということは、出来ることではない。それをするとすれば、それはこの清にたいする裏切りになってしまう。清は、この俺が、何者であるかも、十分明にすることがないにかかわらず、何等かのところでこの俺を信頼して、今夜の死人の秘密についてこの俺に、喋ってくれたのだ。もちろん、この今夜の死人の秘密を内密に保つことによって、徳平親父は、かなりの額のものを、その手にすることになっているにちがいない。そしてその死人の秘密なるものを、闇のなかに葬ってしまうのが、もちろんこの俺の仕事である。

事故死か、自殺か、それもよく明に出来ないとして、この辺りのところで手間どるようなことになれば、事は、それを処理するというようなところから遠く離れた場所に運び去られ、遺族の手元に帰されるまでには、長い月日が必要ということになり、まことに面倒きわまりないところに落ち込んでいくことが予測される。

警察の検死が必要になるだろうし、そのようなことが起れば、犯人を割り出す操作なども考えられ、事件というものが造り出され、或はまた、そこから掘り出されるようなことにもなりかねない。その時には、この一家は、マスコミに取り巻かれ、さらに世間の眼によって、ばらばらに、引き裂かれ、その遺産をめぐる、さまざまな取り沙汰が、その一家に押しつけられることになる。そして遺産は、その額がはたしてどれほどのものか、明確ではないが、遺族の手に確実にはいるのは、かなりの期間、おくれることになる。或は場合によっては、おくれるだけにとどまらず、その手元に、全額とどかないということも起りうるのである。

今夜の死人には葉巻の匂いが、甘くしみついているだろうが、それは死体の発する匂いであって、しかも死体の発する匂いではないということになる。今夜の死体は、もし死人が、実際に葉巻好きで、もっぱら葉巻を喫ってきた人であるならば、その死体に葉巻の匂いが深くしみ入り、その死体の特別な匂いとなって、どこまでも通夜の客の後を追いかけてくるというようになるだろう。しかしこの葉巻がその死人が常に手にした葉巻とはことなる、ということも、あり得る。それは、あの徳平親父のことなら、起らないことではない、と谷杉は考えないわけにはいかなかった。

清が言ったこと、清がもらしてくれるなと念をおして言った言葉が、彼を動かす。いや、そうではなくて、もちろんのこと、死体が彼をつき動かすのだ。彼は多くの死人、死体をとむらってきたのである。多くの死体を洗いあげてきたといった方がよいだろうか。それは彼の誇るところである。彼のただ一つの誇りとしうるものであるといってもよい。半歳の幼児の死体から八十七歳の老女の死体まで、数多くの死体を彼は洗い、床に収め、香油をそそぎ、彼の考えるところの死体としてきたのである。

いずれにしろ、その今夜の男は死んで、死体となっているのである。はやく行ってやらなければならない。一刻もはやく行って、水をそそいでやらなければならない。

そして死体のもっとも求めている水をおしむことなく、灌いでやることである。死体はもちろん水を求めている。それが出てきた水のなかに深く潰り、そこに横たわることを。死体は、限りない深い淵のなかに潰るためにも、まずもって水に潰されることを求めているのである。限りない深い淵は、静かに彼を迎えてくれる、そして彼をその深みのなかで受けとめ、その深みのなかに浮べてくるのだ。

死体が求めているのは決して火ではない。それを焼くための火ではない。死体の求めているのは、あくまでも水である。水のなかで死体は腐敗するのではない。水のなかで死体は洗われるのである。深い水のなかで死体はそのあらゆる箇所を、残るところなく洗われる。愛の愛撫することのないところ、愛の愛撫することの不可能なところをも、残りなく水は漬し、洗いつくす。

水は死体を避けることはなく、死体をこころよく迎え入れる。死体は水のなか深く迎え入れられ、やがて、そこに浮びつづける自分を見出すこととなろう。谷杉にこのことを教えたのは彼の父親である。彼は父親が多くの死体を洗ったと同じように、多くの死体を洗い、水をそそいできた。そして今夜もまた、それを彼はやがてはじめるのである。そのことを思うだけで彼の心はおののく。彼の両手はふるえ、彼の全身はわななく。それは歓びのためである。恐怖がちらりと顔をのぞかせているかも知れない。しかし恐怖は啄木鳥のくちばしのようなものであり、それはたちまち、空《くう》をつつきつづけて、輝くようにして、身の内に収まり、かくれる。

彼は死体に水をそそぎ、洗いながら、彼が水といよいよ、わかちがたく親しくなるのを感じるのである。彼は水が死体のために、音《ね》をあげ、涙し、響を発し、声をたて泣きつづけるのを、きくのである。それは、水の、ひそかな囁きなのである。水のとどめることの出来ない、いつもまでも、つづける囁き、嘆きなのである。水はその自身の囁き、嘆きを、自身ききつづける。それを彼は死体に水をそそぎ、死体を洗いながら、きく。その時が、谷杉の身に限りなく近づいている。その時は、もう後しばらくして彼のものである。とはいえ、なお、いま、彼を襲いつづけるのは、あの、くゎーん、くゎーん、くゎーん、くゎーん、ビュール、ビュール、ビュール、ビュールというサイレンの音である。

## その二

清はようやく車を出した。しかし、車は、前の車の尻を追うようにして、僅かの距離動いただけで、すぐにも停まらなければならなかった。車は動いては停り、動いては停りを繰り返すばかりである。

清は、いまは、前方をじっと向いたまま、口を閉《とざ》している。この清にしてからが、この深夜の、熱気のなかで訳もなく、膨張しつづける、車の移動集団のなかに、捕えられて、なすところを知らずといった有様である。

ついに車は、前の車の尻を突き、後の車に尻を突かれるというにとどまらず、右の車にボディを攻められ、左の一段高くなった歩道にタイヤを撃ちとめられ、いまにも、機械の発する、奇妙な金属製の叫びをあげるかと思えた。しかしこの時、車の周りの車という車が、同じように、前後左右の車から攻められ、撃たれ、ついに耐えられず、一斉にそのボディを持ちあげて、同種の悲鳴を、あげるかと思えた。

谷杉の耳は、その車の叫びを浴せられて、鼓膜を破られたかのように、音という音、如何なる音がはいって来ようと、何ひとつ聞くことも出来ず、オシャカになってしまったに違いないと思われた。彼は自分が頭をがんと一撃されていて、頭の芯《しん》の辺りが、ゆらゆらと、炎のように揺れ動いているのを、感じていた。

「清、あわてるな。護送車に護送車が要るいうようなことには、せんといてほしいよ。たのみましたよ。」谷杉は、自分が口を開いて言っているのを、耳にしたように思った。しかし、そのようなことがある訳はないとすぐに思い直していた。清の答は返って来なかったし、また、返って来たとして、すでにそれが聞きとどけられるような耳ではないではないかと考えていた。

しかし「谷杉はん、もう、じきでっせ。そう、背中、まるうに曲げてはらんと、背筋をすーっと真直にのばして、一寸、こう、威厳をつくってやってほしまんな。まあ、検問でひっかかることなど、あるわけあらしまへんけど、ただ、いろいろと根掘り葉掘り聞かれたりして、それで時間を食うのは、こと面倒ですよってな。」という清の声が聞える。

「背筋のことを出されては、もう、おおせの通りと言うほかないので、文句なしにお受けすることに致します。しかしその威厳というようなこととなれば、それは、もう、保証の限りではないので、そのおつもりで。」谷杉は答えている。

「それとも、ひとつ葉巻でもふかして、一泡ふかすか、煙に巻いてやるかしまひょか。」という清の声が耳にとどく。

「葉巻をふかす？ それは清にしては名案と言いたいところやけど、とても名案とまではいかんようやな。この排気ガス責めのなかで、葉巻をふかしたりしていては、こっちがガスと煙の重混合物にむせて、一泡ふかすどころか、この場に蟹のように、泡をふいて横ばいにさせられるか、それとも煙に巻くどころか、むしろこっちが息の根をとめられるようなことにもなりかねんよ。」

谷杉は答えている。

谷杉は自分を襲っている、夜の車の巨大にふくれ上ろうとする移動集団のつくり出す錯覚から、一刻もはやく逃れ出なければならないという思いが、何処からか彼の知り得ぬ処から、やって来て、自分のうちに入り込み、宿ろうとして、たちまち、頭のなかで揺れ続けている炎のようなものに追い払われてしまうのを、知らされているのである。

とはいえ、すでに、すぐ、次には、その頭のなかで炎をあげて揺れているものが、頭蓋の間から追い出されて、何処かへ逃れ去って行かなければならない時なのである。そして彼は、その時が、そこに、彼のところに来ているのを、よく知っている。もちろんそれを追い出すのは、彼自身なのであって、そのことも、また、彼は、よく心得ていたのである。

そして、その時が来たのだ。清は、間隔をとって、停めていた車を、勢よく出し、歩道の上に立って、車を出せと、ハンド・サーチライトを振っている制服の警官の前で、ぴたりと停めると、身体を左に倒して窓を開けた。谷杉は、この時、背筋を真直にのばして、姿勢をつくっていた。するど、いままで、まったく、聞えなくなっていた、あの、くゎーん、くゎーん、くゎーん、くわーん、ビュール、ビュール、ビュールというサイレンの音が、彼の耳にはいって来た。

それは、やはり、鳴りつづけているのである。そして谷杉は、疲労のなかに投げ込まれながらも、それを耳にして、不思議にも、在るべきものがそこに在るという、一種の安堵に近い思いにとらわれ、数多くの車を停めさせてきた、警官の前に立つ、清の、お手並み、ちょいと拝見という、清にたいする、いつもの挑戦の心を取り戻していた。

清は、その年齢にも似ず、事に当るに、細心で、十分に計算する、しかし、その度胆を失うなどということはなかった。それは、清自身が語ることはなかったが、その特別な生い立ちと世渡りのなかでの体験によって、ひとりでに、身につけたものと考えられた。

その清が、辺りのヘッド・ライトの線から、脱け出て、警官の前に、車を置いたのである。小一時間近く、小刻みの前進さえも、ついには許されない有様で、待たされ続け、萎え、焦立った心を抱きかかえている身を、深夜の検問の前にさらすという訳である。

ハンド・サーチライトを持った制服の警官は、清に窓の方に寄って頂き度いと丁重に言い、清が窓の方に身体を移すと、その顔を強いライトで照し出し、身をかがめるようにして、見届けておいて、「運転免許証を見せて頂きましょう。」と言った。その声はかすれ声である。

清は黙って、運転免許証を窓からさし出した。警官は、素速くそれを手に取り、街路燈の明りの下で、目を通して、言った。「結構です。お返しします。質問に答えて頂けますね。」警官は丁重な口調をくずすことがない。彼は運転免許証を返した。

「お答えいたしますが、先に、その理由をおきかせ頂けますでしょうか。」清は、日頃とはちがって、いかにも、改まったものと明に解る口調になって言う。

「理由を言えと、言われる。よろしい。理由はといえば、これは事故があったが故で。お解りでしょうか。」警官の答えるところは、答えにも何にもなっていない、近づいて来ては、すぐに跳び去っている野兎の足音のようなものである。事故があったことなど、待っているどの車の者も知っていることである。しかし清は、それに対して、すぐにも、お礼の言葉をもって、返している。

「はい。ようく解りました。有難うございました。その上で、なお、お願いがございますが、その事故というのは、どういう事故なもんでしょうか、ひとつ、その辺をお聞かせ頂きたいのでございますが。」

「そうだね。どういう事故か知らせろと言われるが、どういう事故か、それはお知らせ出来ない。事故については、本部の方で調査中なもので、その通達が来る迄は、どのような事故であると、お知らせ出来んことになっておるのでね。御了解願いましょう。お解りでしょうか。」警官は終りの方になって丁重な口調を取り戻し、そうしておいて、押しつけて来るというやり方をとる。

清はそれを軽く受けておいて、相手から、事故について、手がかりになる言葉を、引き出しにかかった。しかし、僅かにその緒《いとぐち》になるかならないほどのものを、指先に、まきつけるばかりで、終らなければならなかった。しかし取れるものは取っている。

「はい。ようく解りました。有難うございました。ところが、ようく解りましたが、ようくは理解出来ませんので。」清は言ってのける。「本部の方で調査中である故、知らせられんとおっしゃられたところから見ると、今夜の事故というのは、相当の大きな事故ということに……。」

「そうだね、相当大きい事故のようではあるが、それも、本部の方で調査中なもので、大きい事故かどうかなども、お知らせするわけにはいかんことになっておる。」警察官は、ようやくにして、とまどいを追い払う。「しかしようく解ったが、ようくは理解出来んと、こういうのは、解りはせんがね。そのような解らんこと言われては、当方が迷惑するが。」

「御迷惑をお掛けするなどとは、思いもよらんことでした。何かこう、わたし共、民間のものには、はるかに遠くのことで、到底理解の出来ぬ、むつかしい事情があるようでございます。それも、いたし方ありません。事故については、一切、知らせることはならんという、このような訳柄のものでございましょう。」

「そのように取ってもらっては、ならん。お伝えしたように、本部の方で調査中なもので、お知らせ出来ない。その方の調査が完了すれば、通達が来ることになっている故、その時は、すぐに公表される。」警官はきっとなって言ったが、再び本部の方で調査中を繰返すと、その落着きを取り戻すのである。

　清の車には、前方右側に、四列に並んだ車の長く続いている列があるばかりで、車の前をさえぎる車は、いまは、一台もなくなっている。車の後方と、前方右側に、車の列が続いているが、警官の検問の模様をきき取ろうとして、静まっている。

前方右側の歩道の上にも制服の警官二人が立っており、前に立った一人が、ハンド・サーチライトで大きく円を描いて、車の列に威圧を加えている。

清と警官の問答は谷杉の耳に一つ一つとどく。彼は清のおおせの通りに、背筋をすーっと真直にのばしつづけている自分の、まことに滑稽な姿を、車のなかの薄暗い空気のなかに、浮べてみて、見届けた。

「いろいろと根掘り葉掘り聞かれたりして、それで時間を食うのは、こと面倒ですよって」と言っていた清が、いまは、そのこと面倒なことを、自身でつくり出しているのである。しかしそれは予測されていたことではないだろうか。今夜のような、少し異様な検問ではないにしろ、清はこれまでにも、いろいろな検問に会い、検問なれしているのである。

この時、警官の下に向いていた、ハンド・サーチライトが、再び清の鋭くそして柔かい少年の顔を照し出した。「清はん、ようやってはるやないの。」谷杉は口の中で言っていた。

革ケースにはいった拳銃を着け、前と後に数多く続く、車のなかの長い時間、事故についての何の説明もないままに、この検問のために待たされる多くの車の列の不満の爆発から身を避けようとするのに、ただ、時に丁重な言葉を使うだけで、事足れりとしている警官に、清は向っている。もう一人の少し背の低い警官は、検問をすすめる警官のすぐ傍で、報告書に書き込んでは、車のなかを、じっと覗き込む。谷杉は素知らぬ顔をした。彼は、清のことは、このまま、放っておくほかにはないと考え、別に、何か合図を、その背中の辺りに送ることなども、考えることはなかった。

「では、質問に答えて頂きましょう。お解りでしょうな。」警官の声は、きびしくなった。清はそれを、一層柔かく、とぼけたようにして受けている。

「ようくに解りました。有難うございました。そうではございますが、どうも、その、この頭の方が、少々弱いもので、その、なお、後、ひとつだけ、お聞かせ願いたいのですが。その事故は、すでに、……」

「もう、これ以上、時間はとれない。後に、多くの車が待っている。」

「その、後に多くの車が待っていると言われましたからには、なおのこと、お聞かせ頂きたいものので。その、事故はすでに起っているわけでございますか。その、事故が、どのような事故か、こうして、何時までも知らせることは出来ないというのでは、長いこと待っている、と言われた、多くの車が、そのうちに、もう承知出来んというようなことにもなると、このように考えもしておりますが、いかがなもんでしょうか。その、待つ車は、みな、同じ思いかと見ております。」

「よろしい。それでは、言うが、事故は、たしかに、言うようにすでに起ってはいるが、まだ、終ってはおらん。お解りでしょうか。事故は、なお、他の方面へ移ることもないとはいえぬと考えられておる。これだけ言っておきます。お解りでしょうか。」警官は、句切り句切りを、はっきりとさせようと、しゃがれ声を低くおさえるようにして言った。

「ようくに解りました。有難うございました。」清は、読みあげるかのように言った。

「もう、それはよい。時間がない。質問に答えて頂けますね。どちらから来られて、明日は、どちらへ行かれますか。」

清は会社名を告げ、行き先を明にした。

「百塔社。何業になりますかね。」

「葬儀屋ということになりますが。」

「葬儀屋というと、葬式をする、その葬儀屋ということかね。」警官は軽い蔑りの言葉を吐く。

「そういうことになりますが。」清が返す。

清は、きかれて、谷杉のことを谷杉先生と呼び、わたしどもは葬儀屋ということになるが、谷杉先生は、先方様の特別の御依頼があって、こうしてお送りしているお方で、十二時迄に、先方様へ、到着するように、お送りしてきたところ、ここで一時間もの足どめに会って、困っておいでの御様子、自分も運転手として、一刻もはやく、お送りとどけしなければならないと、気があせるばかり、困りはてていると、言ってのける。清はさらに聞かれて、谷杉先生は、いま、亡くなろうとされる方の、心を静めて心安らかに死出の旅へと導かれる葬儀の世界でひろく名の通った御方であると吹聴する。

「よろしい。それでは、そちらの方に移ることにする。」警官は用済みの清に冷く言い、清の頭越しに、谷杉に言った。

「後の席の方に願います。」二人の警官は谷杉のところに位置を移した。

谷杉は、「清、ちがいますな。そんな御方などじゃあ、ござんせんぜ。仕方のない、大供《おおども》だよ。しかし、いまは、まあ、それで、行くよりほかないな」と口のなかで言っていた。谷杉は窓を開け、言われる通りに窓の方に身を寄せ、背筋を真直にのばして姿勢をつくった。

その瞬間、彼はハンド・サーチライトの強い光を、まともに全身に浴びた、と感じていた。くゎーん、くゎーん、くゎーん、くゎーん、ビュール、ビュール、ビュールというあのサイレンの音が、彼に迫って来る。彼の身体のなかに、水が流れ込む。それはとどまることなく、流れ入る。それは彼に囁くように流れ入り、泣くがように流れ入る。それはいかに汲もうと汲みつくすことの出来ない、深い地中の、暗い洞穴のなかに発し、如何なるものにも触れることなく、彼のうちに、流れ入り、彼のうちに限りなく溜められて行く。それが溜められ、透明な水嵩が、少しずつ増しつづけるのを彼は見届けなければならない。それは死体の傍に身を置くために、ととのえなければならない一つの準備であるが、彼は水が彼のうちで囁き、泣いているかのように流れ入り、やがて、ひたひたとひたうっているのを耳にするのである。

くゎーん、くゎーん、くゎーん、くゎーん、ビュール、ビュール、ビュール。彼は、そのサイレンの音にその身を、捕えられている。それは彼を捕えて離さず、彼の耳のなかに次々ととどまって、消え去ることがない。それは、彼の耳のなかで鳴りつづけ、彼を捕えておいて、何処かへ、誘い、連れて行こうとしているのである。とはいえ、彼は、それより、やがていつ攫われるようにして、自身が、運び去られて行くのを、もっぱら待ち望んでいるというべきだろう。
そして、谷杉は、くゎーん、くゎーん、くゎーん、くゎーん、ビュール、ビュール、ビュール
というサイレンの音のなかから、自分が声を掛けられ、呼ばれているのを、はっきりと聞く。谷
杉の内部は、たちまちにして充実しはじめる。それは、いまにも彼が来るかと、待っている死体
の、彼を呼んでいる声であることを、彼は、もちろん、よく知っている。
死体が、彼を呼ぶ声は、そのサイレンの音の低音部に属するもののように、彼の耳に、低いが
何者もさえぎることの出来ない声となって、とどくのである。谷杉は警官の検問を突き切るよう
にして、彼を呼んでいるその死体の方へと、さらに近く近く、走り行かなければと考える。その
時、彼の父親というよりも、いまは曖昧にすることなく、正確に養父といった方がよいだろうが、
彼の養父が、何時の間にか、彼の方に身を寄せ、その手をのばして、彼の背を支えてくれる。彼
にはその細い手と、爪の色の変った指が、見える。
谷杉は、強いハンド・サーチライトを、まともに顔に受けたが、ようやく、その視力を、保つ
ことが出来た。彼はもちろん、闇には強かったが、いまは、光に破れるということはなかった。
彼は瞬きをすることなく、その眼を大きく開いていた。
谷杉は、清が俄か仕立てに、つくり上げた、谷杉先生なる者になって、見せなければならない
ことについて、考えていた。何が出て来ようが、別にそれほど恐れることはないと彼は考えよう
としていた。清が怪しげではあるが、やって見せたほどのことは、彼もまた、やらなければなら

ないし、さもなければ、清の軽視にすぐにも見舞われることになると、彼は最初は考えたのだが、いまは、何はともあれ、検問を時間をとることなく、通過すること、これを第一とすべきであると、心に決めていた。

「谷杉さんですね。お名前は？」警官のしわがれ声が、考えてもいなかったほど、すぐ間近から来た。すでにハンド・サーチライトは後方に向けられ、歩道に大きな白い光の輪が、ひろげられたまま、動いている。その光の輪によって谷杉の身体は、思いがけずも、左右に動かされる。彼は、しばらくの間それを制することが出来なかった。

「陽一。谷杉陽一ですが。」谷杉は簡単に答えて、次の質問に備えた。しかし警官の質問は、彼の予測の範囲のなかには、ないものだった。彼の身体は、歩道の上に動く光の輪の動きにつれて、揺れ動いた。

「谷杉陽一さんですね。」

「谷杉陽一ですが。」

「谷杉さん、いま、運転手の答えるところを、ここで聞いておられたでしょうが、すべて、違うところがないと認められるか、それとも、違うところがあると考えられるか、答えて頂きましょう。」

「すべて、違うところがないと認めますが。」

「訂正しなければならないと考えられるところは、ありませんか。少しも、ないと、こう言われる。」

「少しも、ありませんが。」

「間違いありませんね。」

「間違いありません。」

警官は、ハンド・サーチライトを、すぐ近くから、谷杉に向けた。それは彼の眼を大きく開かせた。警官はハンド・サーチライトを後に引き、光線を少し上の方に向けた。彼の顔はそれにつられて、上向《うわ》きになるのだ。彼は顋を引いた。そして彼の眼の前は、突然、暗闇になった。警官がハンド・サーチライトの光を彼の顔からはずし、再び後方に向けたのである。しかし彼の眼は、すぐにも、視力を回復していた。

「運転手の年齢は、何歳になりますか。」

「何歳か、それはきいておりませんが。」

「十八歳以下ということはありませんね。」

「そういうことは、ないと考えておりますが。」

「このように、夜分に、それも十二時過ぎに車で出られることは、よくあることでしょうか。」

「よくあることでして、週に三日、四日という程度に、あります。」

「運転免許証を発行するのは誰か、御存知ですか。」

「各府県の公安委員会と、心得ておりますが。」

「よろしい。……ところで、谷杉さんは、谷杉先生と言われ、ひろく葬儀の世界で名の通っておるお方であると、運転手が言っておりましたが、何か祈禱などをする祈禱師とか、その方面のお方でしょうか。」

「その方面の仕事をしている者とはっきりと書き取っておいて下さって、結構ですが。しかし所属はありません。個人でやっております。」

「僧侶とか、その方面の方でもなく、医師とか、その方面の方でもなくて、祈禱師のお方ですね。違いありませんね。」

「その方面の仕事をしている者とはっきりと書き取っておいて下さって、結構ですが。」谷杉は、前とまったく変ることのない言葉を繰返しておいて言った。「今夜も、夜、遅くに、御依頼がありまして、こうして車で駆けつけて参りましたが、ここのところで一時間近くも、待ちましたもので、御臨終に間に合わぬことになりはせぬかと、気をもんでおりますが。これから、向うへと着いても、二時を過ぎてしまっていることでしょうから、向う様を、ずい分とお待たせすることになりますもので。」

「それは、いかんことでした。事故が起ったもので、検問の命令が出ていますもので。それでは、これでよろしいです。御協力有難うございました。これから行かれる途中も、危険がないとはいえませんが、よく注意されて行かれますように。よろしい、済みました。」警官は言い、ぐっと頭を上にあげた。

警官は後に退き、ハンド・サーチライトで谷杉の全身をもう一度、照し出し、それを移動させ、車のボディを、じっと睨むようにしていたが、清の方に向き直って言った。

「運転手、もう、出してよろしい。」

清は、すでにハンドルを握り、チェンジ・レバーを引いて、車を出していた。「まったく、承知出来んこってすな。事故、事故とだけ言うて、その事故が、どういう事故かも言えんもんね。車を一時間も、停めさせておいてからに、結局、何一つ出やせんやあらしまへんやないでっか。出る訳あらへんがな。え、谷杉はん。」清は、疲労と怒りのなかから、身を引き出して来るのである。その首は真直に立ち、その身もまた、すっくと、高くのびている。しかし谷杉は、なお、疲労のなかに、その身を漬けつづけて、いなければならなかった。

「それにしても、事故、事故、事故でんなあ。谷杉はんが言わはった通り、事故は屋並のようなもんで、その上を歩いて行かないかんもんやという通りでしたな。そやけど、事故の上を歩くいうのは、もう、むやみと、時間のかかるもんでんな。しかし今夜の事故いうのは、一体、なんでんのやろな。事故は、すでに起ってはいるが、まだ終ってはおらん。お解りでしょうか。事故は、なお、他の方面へと移ることもないとはいえぬと考えられておる。これだけ言っておきます。お解りでしょうか。」清は、最後の警官の、句切り句切りをはっきりさせようと、しゃがれ声を低くおさえるようにして言った言葉を、巧に真似てみせた。しかしこのようなことで、彼の疲労と怒りが、その身から、すっぽりと抜け落ちるわけもない。

「清、ヤングも怒ってばかりいるだけではのうて、小一時間も、事故の上を歩いて、その考え深まるということでしょうか。……」谷杉は言ったが、清をからかうのを中途で、やめなければならなかった。彼は、いまは、清を、少しばかり慰めてやらなければならないことに、やっと気附いたのだ。

清の真直に前を向いて、立てている頭が、少し左右に揺れているのを、谷杉は見たのである。もっとも清を慰めるといっても、決してその度を越すようなことになってはならない。そのようなことをすれば、先刻のあの、まことに、怪しげとまで行きつくことのない、また滑稽という領域にも入れることの出来ない、腹立たしい、愚にもつかない時間ばかりが秒を刻み込む、あの場所へと、再び引き戻すことになり、そのハンドルを握る手に、震える疲労が一気に出ることになると考えられるのである。それは車を危険に導くことにもなり兼ねない。

「そうはいっても、清は、やはり、警官と十分に渡り合い、そこまで、口を開かせたのだから、打つ手は、ちゃんと打ったと、はっきり見えると言うよ。あれは、まあ、一寸した手柄ですよ。事故は、まだ終ってはいない、他の方面にも移ることも……。」谷杉は言葉を切った。

「事故はたしかに、言うようにすでに起ってはいるが、まだ、終ってはおらん、お解りでしょうか。事故は、なお、他の方面へ移ることもないとはいえぬと考えられておる。これだけ言っておきます。お解りでしょうか。」清は言っておいて、「ようくに解りました。有難うございました。」と読みあげるように言ってみせた。

そして清は笑い出した。谷杉もまた笑っていた。清は、くっく、くっくと、或る種の鳥の鳴き声のように特徴のある笑いを笑っていたが、笑いを止めようとして、笑いは止まらず、彼は口を大きく開いて、笑うのである。谷杉もまた、清の「ようくに解りました。有難うございました。」と読みあげるように言ってみせた言葉に、同じように、笑いだしていた。しかし二人のこの笑いも、それほど長く続くことはなかった。二人は先を急がなければならなかった。

清はしばらく車を走らせ、制服、私服の警官の姿が、見えなくなるや、車をとめ、すぐに帰ってくるからと言って出て行ったが、やがて戻って来て、運転台から後を向き直って、「咽喉が渇きはりましたやろ」と、鑵ビールを渡し、すぐそこの、まだ店を開いている飲み屋にはいって、事故というのは、何なのかを聞いてきたことを告げた。

辺りの店は、一軒も開いていないが、飲み屋はお客で一ぱいで、この検問騒ぎで、みな興奮していて、口々に喋り散らし、なかなか、こっちの言うことなど、聞いてくれようとも、しなかったが、ようやく聞き出すと、やはり時限爆弾が、何でも藤池産業の倉庫と、この町の隣り町の交番の二ヶ所に仕掛けられていたこと。倉庫の方は爆発直前に、ガードマンが発見して、未然に発火装置を取り除いたが、交番の方は、発見がおくれて、時限爆弾が爆発し、警官一人が重傷を負ったことなどがようやく明になってきたと清は言った。

さらに清は、警察は、なお、時限爆弾が、その他のところに仕掛けられてはいないかを、総動員で調べて、ようやく、その形跡がないことを確認し、いまは、もっぱら、犯人の居場所の捜査に全力をあげている。そして警察は犯人は一人ではなく、かなりの人員でもって集団を組み、いまも現場から、それほど遠くははなれていないところに、とどまっていると想定して、捜査をすすめているのだが、いまのところ、全然、その成果はあがっていないということを、告げて、おいて、車を出した。

「ともかく、おそうになりましたな。スピードをあげますよって、谷杉はん、気い附けて、握り革を握っててていてもらいまひょか。しかしあの、サイレンの音、まだ、つづいてまんな。一体、なんでんのやろな。……行き先には、もっと、別の、時限爆弾を越えるようなやつが待ってくれてはるということでっしゃろか。」清は真直前を向いたまま、疲れから癒えたかのような、弾みのある口調で言った。鑵ビール一個が、彼の生気を少しは取り戻したと、見てよい。

「そう、見ておいて、よいやろうな。どうも、今夜は、やはり、事故の上ばかりを歩くということになるのやないかな。それに、いまの、清が飲み屋で聞き込んできた話というのが、はたして、そのまま信用出来るに足るかどうか、どうもあやしいのやないかという気が、僕にはするのやけど、どうなんやろう。清はん。」谷杉は鑵ビールを、飲みほして言った。十分に冷えた、一個の鑵ビールは、まさに咽喉をうるおすだけではなく、彼の眼と耳を開いてくれるようである。彼は、もはや事故ということの言葉を避けることなど出来なくなってしまったことを知らされていた。むしろ、この事故という言葉を、使うことによって、これまで、隠していた、そして従って、隠されていた自分を、隠しおおせることが、出来るのではないかと、彼には考えられてきたのである。

どのようにして、このような考えになって、きたのかと、問われれば、彼は、それは、ひとつの、予知能力と呼ぶべきものによる、としか、言うほかないのである。しかし予知能力、それだけでよいのか。それで十分である。それに並ぶことの出来る能力といえば、数えるほどしかないと、まず、考えておけばよい。彼は隠していた自分を、清に、黙ったままで、隠しておくことが出来なくなるのではないかと思える瞬間が、これまでにたしか数度はあったが、その数度の瞬間、彼は、いまにも、ひとりでに、開こうとする自分の口を、ついに、開かせることなく、過しおおせたことを、先程から考えなければならなかったのだ。それでは、今夜、訪れてくると思える、同じような瞬間と、いうことになると、これまでのような、消極的といってよい、態度をもってしては、ついに、難なく、通過することなど、出来るものではないと考えられてきたのである。

「谷杉はん、それが、さっき、谷杉はんの言わはった、事故が発生して、その事故がどういう事故か、それが言えんというのが、これからの事故ということになるのやないのか、と、こう言わはったことになりまんのやな。よろしま。とにかく、ヤングは、もう、早解りで、すぐに現場に飛んで行くことは行きまんのやけど、最初に、耳にはいってきたそこら辺りを、うろつくだけで、事終れりということで、済まして来たということに、なりまんのやな。」清は左手を後に突き出して、「煙草がほしまんな。火をつけて、貰えまっか。」と言い、谷杉はマイルド・セブンに火を附けて、清の左手の親指と人差し指の間にはさんでやった。

「煙草も、ここまで来て、まあ、喫えるいうことになりましたな。検問を待たされてる間に、何本、喫いましたやろか。でも、ただ、手が次から次へと、煙草に行ってるいうだけのことで、煙草喫うてるのでも、なんでも、ありまへんでしたな。谷杉はんは、全然、喫いはらんなんだとちがいまっか。そのようでしたな。」

「そう、煙草には、手が出んかったもんな。清は、手が次から次へと煙草に行ったというけど、こっちは、また、逆にその手が、出んかったな。疲れの方、これは出ましたがね。疲れといえば、清、まことに、お疲れさんでした。」

　車はすでに商店街の通りを抜け出て、別の街なかにはいっている。背の低い、暗い屋並がいやに長々と続くと見えるが、それは外路燈の明りが続いている、商店街に余りにも長く、とどめられていたせいにちがいなかった。

## その三

「公衆電話がありまんな。僕、一寸、電話かけて、きますよってな。」清は突然車のスピードを落して、谷杉に相談を持ちかけるように、言うのである。清にしては稀しく弱気を、見せたものだ。その顔は見えないが、薄い影を附けている筈だ。

「どこへ……、どちらへ、その電話を？　徳平親父さんでしょうかね。」

「そういうことですが。」

「それなら、どうだと、言いたいところだが、しかし、そんなに急を要する電話ですかね。」

「ええ、そういうことになります。」

「え、清、どうしたんだね。手足は大丈夫だろうね……。向うへ着いてからにしても、よければ、そうしたら。そうして貰いましょう。一刻もはやくこの街を通り抜けた方がよかありませんかね。事故は、なお、他の方面へ移ることもないとはいえぬと、ハンド・サーチライト使いの警官も、清の手にひっかかって、洩してしまったような訳だからね。そうじゃあありませんか。」谷杉は、その事故というのは、はたして、どの種類のものなのか、と考えつづけていたのだ。それに対する備えが、こちらに、なければならないのである。清をとどめようと彼は身を乗り出し、清の首筋のところに、口をつぼめて、息を吹きかけた。

「おお、寒む。」清は首をすくめて見せる。「大寒む、小寒む……まあ、小寒むの方でんな。」

「清、その調子。それで、少しは、安心できました。……スピードをあげてもらいましょう。」

「スピードをあげるのは、いつでも、しまっけど、この辺りで、徳平親父に、一寸、電話しとかんことには、こんなに、一時間以上もおくれて、それを、連絡もせずにおいといて。なんや。清、そんなことでは、つとめには、なりまへんで。一寸、車停めて、いちはやく、電話を入れる。それが出来んようでは、いくら、事故があったからって、運転手の役には立ちませんで。向うへ着いてから、段取りよう事が運べたいうても、もう、なんにもならんのや。夜の勤めには、一体、何が起るか解らん、この頃、それで、特に清を、運転手にと、選んどる。というのに、またまた、こういうことでは、これからは、他の者にかわってもらうほかない、いうことになるのや。そう、承知しといてもらいまっせ。よいな。とこういう具合に言われることは、目に見えてますがな。そうでっしゃろが。その上、日当から、一五パーセント確実にひかれる。夜勤手当は、ゼロとなったんでは、もう、いうことは、あらしまへんやないか。こういう方面にも、ように通じてくれてはる谷杉はんやと思うてましたが、違うてましたか。残念、無念。ちいとばかり、尊敬の念失せにけりというところですな。いや、これは冗談ということにしておいて、もらいまひょ。」

「見事でした。思わず、その冗談のところまで、ずっと、ききほれました。どうしても、電話をしに行くということですな。……そういうことなら、行ってもらいましょう。」谷杉は、身体を引いた。

「いや、やめたって、別に、かまいまへんけれど、徳平親父が怒ったところで、今夜のことは、すぐにも押し返すことは、出来ますよってな。警察に証明させれば、警察に弱い徳平親父、すぐにも、口をつぐんで、横をむいてしまいまっせ。ぐつぐつ言うてたことも、どこへやら、行方知れずということになります。徳平親父、とくと平に、あやまるなどということは絶対あらしまへんけれども。」

「まあ、よい。兎に角、一寸、電話しといてもらいましょう。そんな警察の証明もらう、いうようなことは、その頭から、はずしてもらいましょう。電話は徳平親父ともう一つ別口に、かけはるのでっしゃろけれども。」

「もう一つ別口。あ、それを、さとられてしまいましたか。やはり、それが、声に、あり、ありと出ていましたか。そういうことで、あり、あり、あり……。これはいけまへんなあ。どもりだしましたがな。しかしどもってるうちが、よいので、また、あの検問のところにもどるというのでは、たまったもんやあらしまへんで。」

「もう、よいから、急いでもらいましょう。」谷杉は、清を上から、おさえ込もうとして強い調子になっていた。しかし彼は車の暗い空気のなかで、今度は、前の清の首筋から、たえがたいほどのあつい熱気を、送られるのを感じるのである。

「それでしたら、車、停めまっせ。一寸、気をつけて、いてほしまんな。道が、一寸、くぼんでまんので。がたんとくるかも知れまへんよって。」清は車を公衆電話の少し手前で、ぴたりと停めた。清は、たくみに、くぼみの上を避けたのだ。車は、一揺れも揺れることがなかった。

「すぐに、すませますよってな。徳平親父はんに、ことづけることが、ありましたら、伝えときまひょ。何か、ありますでっしゃろか。……」

「いいえ、言伝ては、別にありませんがね。ないよ。」

「そうでっか。そなら。」清は素速くドアを開けた。

「一寸、待ってもらおう。ドアを閉めて……。そう。言伝けてもらうことは、別にないけれども、やはり、今夜の事故のことについては、あらまし、知らせておいてもらいたいね。しかし公衆電話は、盗聴されていると、考えて、工夫してもらいましょうか。」谷杉は盗聴という言葉に出来るだけ力がはいらないようにして、言ってのけた。

「もちろんのこと、そのつもりで、おりま。でも、その電話でもって、摑まるいうようなことになるのは、どうあっても、堪忍してもらわんことには、いけまへんな。たのんまっせ。この清を逮捕してみても、その、別に、何も出て来やしまへんで。それに、谷杉はんも、心配してはるのや、こんな非常警備にはいってる時に、それを破るようなことは、どうしても、せんようにと気を附けます。」

「思うように、やってもらいましょう。清はん。」

「そなら、行て来ますよってに。」清は再びドアを開け、強い音を響かせて閉じると、駈け出している、その足も軽く、その身もまたいたって軽々としている。しかしそれを見る谷杉の身は一気に重くなり、車のなか深く、ぐっと沈み込むかのようである。

清は公衆電話のボックスにはいり、斜にかまえ受話器を取りあげている。ボックスの光のなかの清は、たちまち肉体を持った清とは、別物になって行くようである。鉄製ではなくガラス製のロボット。ガラスといっても鉛分のとかし込まれた、砕けることなく、破れることのない厚目のガラス。やがて清と徳平親父との対話が、谷杉の耳に、受話器のなかの、電波音とももども、とどいてくるように思える。

それは、人工的にたくまれた対話である。徳平親父は、押しつけととぼけとおどしの三つを巧に使いわけ、繰りだして、事を片附けにかかる。清はただ、ただ、それを受け取り、頭のなかに、たたみ込んでいる振りをし、ただ、時々、ピー、ピーという音を発して、徳平親父の言うところを受けつけることが、不可能であるという合図を送ってみせるのである。

　そして不思議なことに、そのピー、ピーという音が、谷杉の耳のところどころでも鳴っているようである。ボックスのなかの電話器の色は黄色ではなく、ブルーであるが、そのブルーは、いかにもまことに短い、きれぎれにされた意識のなかで、濃縮された光を放ち、そのピー、ピーという音を共に存しているのである。

　清は徳平親父との話をおわり、受話器をかけ、再びそれを取りあげる。それは、もちろん別口の方である。とはいえ、それによって、谷杉がしっ妬心をかき立てられるということはない。彼はすでにしっ妬によって、心を乱される経験をかなりしてきているので、それは彼のうちで力をふるう余地をそれほどもってはいないのだ。

　その電話の相手が誰であるか、谷杉は知っている。それは徳平親父の従弟の篤平か、それとも、その長女の雅子のいずれかである。恐らく、いまは、長女の方ではなく、篤平の方だと見るべきだろう。しかしこの方の話は、それほど、長くは、かからなかった。一通話だけで、話は終ったようである。

　やがて清は、受話器を置き、ボックスのなかで、しばらくドアに身を当てるようにして、つったっていたが、自分をうながすようにして、荒っぽくドアを開けて出てくる。しかし外に立った彼の姿は、そこに入るまでのものとは、まったく、ちがってしまっている。その足は、もつれようとして、ようやくまぬがれている。その足取りも、また、決して軽いといえるものではない。

清は考え事をして歩いてくる。しかしその考え事も、その頭のなかへと、もつれようとする足を踏み入れているかのように、筋道の交叉した地点にふみとどまって、そこから先へと、進み歩みを、失ってしまっているのである。

清は車に近づいた時には、もちろん、その足もたしかで、自分を十分にとりもどしている。彼は勢よくドアを開けた。運転台に腰をおろし、谷杉に声をかけることもなく、黙ったまま、車を出し、スピードをあげておいて、口ばやに、徳平親父が、彼に命じたこと、今夜は、二人とも、目的の家へ行くことをやめて、このまま、すぐに、事務所にと、とって返すようにと言ったことを、伝えた。

一体、どういうことになったのか、何故、最初行くことにしていた家へと行ってはならんのか、それが、まったく解らず、その理由を聞いても、理由など、電話では、とても伝え切れるものではない、帰って来れば、解るという、それだけで、全然、話そうとしない。どうやら、何か解らないが、向うでも、これまでとはちがった事が起っているとも考えるほかないですよ、谷杉はんと清は言い、徳平親父が、電話で命令したところへと、はいるのである。

「向うまで行くことは、今夜はやめることにしたから、二人は、すぐに、そこから事務所に引返して、別のところへと行ってもらうと、ただ、こうですがな。矢が、まともに眉間のところに、ささりましたがな。よけるによけようが、なかった！　でも、それをそのまま、はい、それでは、ここから、引返して、すぐにも事務所へ向います。などと受け容れられますか。」

「徳平親父のいうことが、受け容れられんと言ったところで、清、それが、やれますか。清、それは、受けられませんと、はっきり、言いましたか。言うてないでしょうが。」

「いや、そうは言わしまへんでしたけど、折角、ここまで来ましたのやよって、向うへ行って、事をすませて、すぐに引返しますと、言いましたがな。」

「そう、そこまで、言わはりましたか。清はん。まあ、上出来と言いたいところだが、上出来などとは、到底、いえん。大出来、おできというところでしょうかな。」

「大出来、おでき、でっか。よろしま。なんなりと、言いなはれ。もう、心は決めてますよってな、なんでも甘受いたしますがな。……しかし大出来、おできは、なんぼ、なんでも、可哀そうや、あらしまへんか。大出来、おお、しゅつらい、おお、失礼や、あらしまへんやろか。ところで、谷杉はん、どうしやはります。僕は、このまま、向うへと行くほかない思うてまんのやけど。」

「思うてまんのやけどいうても、実際に、ハイスピード出して、向うへと行ってますよ。車は、徳平親父の言うことを、きかず、反対方向に走っている。機械ということになると、徳平親父の命令も、とどかんということがある。」

「しかし徳平親父のところに、何が起ったんでっしゃろな。話は帰って来たら、くわしゅうに話してやる。兎に角、向うへは行ってはならん。このまま、帰って来なさい。これは命令、そむくことならぬ会社命令ですぞ。これが、きけるか、きけんか、そこから言いなさいと、こうでんのや、「谷杉はん。」清は言い終ると、大きく息を吸い込み、自身、興奮を静めようとする。しかし彼のその努力は、すぐに効果を収めることが出来ず、彼は、二度、三度にわたって、大きく息を吸い込み、静に吐き出す作業を、繰返さなければならなかった。

それらすべてが、後の谷杉には見てとれる。彼は清の言うことを聞きとると、先刻とは逆に、自分の身がいまにも解き放たれるかのように感じはじめる。もちろん彼の心は定まっている。彼は徳平親父が何と言おうと、死人のもとへ行くのである。その他に、彼にすることが、なお、あるといえるだろうか。死人の近くへと限りなく近づいて行く夜のなかで、鱗を洗い、ひらめかす魚類が、そのとがった、しかし柔かい唇の輪のついた口をつきつけ、死人のもとへと彼を、導こうと、寄り集ってくる。かつて海のなかにあって、藻類をまとい、魚類とともに、水を呼吸していたものを、いまに、死によって海へと帰り行こうとする死人のもとに、すでに海の水は、ひたひたと、音をたてている。静寂そのものである、ひた、ひた、ひた、ひた、ひた、ひた、ひた。死は、すでにそこに来ている。その音なき音を放ちながら、深く深く、潜り、深海のいかなる水の重圧をも、はるか彼方へと、退けさせて、それは死人のもとに、囁きにやってくる。如何なる黒装束の埋葬者よりもはやく、土を掘るもの、薪を用意するものよりもはやくそれはやって来る。それは囁きにやってくる。その特別につくられた、特製の沈黙を呻る風の流れ、地を匐う風の流れにのせて、やってくる。その風の流れは、辺りを馳せ、その囁きを、その辺りに運んで、誰も知らずに去って行く。何故に風が知ろうか。死自身が知ることのないことを。しかし死自身もまた、それを知る必要もないのだ。すでに、あの魚類の闇のなかで輝く鱗の、生の匂が限りなく近づいてくるとき、彼はその魚類たちとともに、限りなく死人のところへと近づいて行くのである、彼はそこに行く。そこへと行く。もう、それはすでに、彼のすぐ傍のところに。

とはいえ、彼のうちで恐怖は、彼の身におそいかかる鷹の形に、変っている。先刻、それは、啄木鳥のくちばしのようなものにすぎなかったのだが、いまは、鷹のくちばしのように一撃にして、彼の肉を引き裂き、心臓に達する、深い傷口をむきだしにし、乾燥しきった、空気のただなかに、ひりひりとする左右の心室を置いたまま、鼓動させ、その鼓動そのものを、次第に、ひからびさせることになるだろう。それが死に近づく代償と考えてよいだろうか、しかしこの代償もまた、まことにつらく、しかもまた、甘美に哀れでもある。何故といって、そこに残るのは、ピク、ピクとまだ動いているかのように思わせはする、不思議にも、まだ、血液の残流している薔薇《ばら》の心臓の二枚の花瓣のようなものにすぎないだろうから。

「清、僕は、少し考えが、変ってきた……。もう一度、しっかり組み立て直すことにしよう。清、徳平親父のところで、何が起ったのか、これまでと、ちがう、何が起ったのか、考えてみたかね。解らん解らんとばかり言わずに、その位のことは、出さんことには、いけませんよ。……」

「それやったら、谷杉はんには、それが解った、解ってきやはったんでっか……え。そういうことでっか。」

「そう、あわててもらっては、困るがね。しかし、一寸した頭の働かせようで、そいつが、明にならんとも、限らんのでね。……ところで、篤平さんの方の電話は、どういう具合でした？　それを、隠さず、出してもらいましょうよ。」谷杉は、何気ないという風に言ってみせたが、前の清の頭が大きく揺れるのを見た。

「谷杉はん、そっちの方のことは、まだ、話してえしませんでしたな。いいえ、話しま、話しま。……しかし、僕はそれほど、たいしたこともない、ように、思いましたけども。」清は、急にその口が重くなったというようなこともなく、すらすらと言ってのけた。

そして、谷杉のそれに対する、応答の方が、たどたどしくなって行くのである。「それじゃあ、それでもよい。そうはいっても、どうも、僕は、徳平親父のその電話には、篤平さんのことが、からんでると見ている。そのほかには、見ようがない、ものね。しかしもし、ほかに考えようがあるということがあれば、そいつを、言ってもらいますか。」

「いや、それは、そういうことならば、いくつでも、いくつでもというと、少しオーバーになりそうですけども、少しもオーバーやのうて、いくつでも成り立つのやないかと思いまっけど、どうでっしゃろか。そうでしょうが、その辺りのことになると、もう、ほとんど、はっきりと、証明するわけにも、いかんのですよって。」清のハンドルを持つ手には少しも、乱れがなく、車は市街地を通り過ぎようとする。明りが、たちまち、車の後に走り去る。ついで現れる明りもまた、車のボディのすぐ後にと、消え去るのだ。

「清、もう一度、正確に言うてみないか。徳平親父が、目的の家のところへは行かないようにと言ったという、その時のことを、清の解釈を交えずに、徳平親父の言葉通り、出してほしいね。解釈を交えずにと言っても、それはテープにでも、取っていなければ、無理なことだと、思うがね。しかし、テープといっても、テープだけでは、また、その時の徳平親父の表情も、身振も、すべて抜け落ちてしまうわけで、徳平親父の言ったことを、正確に伝えるいうことには、ならんということと位は、解っているつもりだけど。」谷杉は言いおわってから、自分のしつっこ過ぎるなと思える言葉が、相手の清の方には、とどくことなく、そのまま、自分の方に返って来て、もっぱら自分の身に、からみついたままでいるようなのを、思い知らされていた。

谷杉は、いまにも消えそうになっている煙草を口元にもって行き、強く、三、四度も吸い込むようにした。すると思いがけず、ついに火が点き、彼は一気に咽喉元のところに、おし寄せて来る煙に責めたてられなければならなかった。彼はせき入り、清は口を開くことはなかった。

不意に道路の前方右側に、角ばった、前面、側面とも壁面ばかり厚い、三階辺りのところに明りが少し洩れているにすぎない、しかも鉄板をはりつけたというほかないような黒い窓の長く横に連なっている、暗い高層の建物が、現れ出るのを谷杉は見た。

その暗い、層の重く、重なった、長い高層建築は、見る見るうちに道路の方へと傾き始める。それは傾きつづける。それは、いつまでも傾きつづける。「清、危い。清、停車《ストップ》。」谷杉は声に出して叫ぼうとして、すぐに、それが自分の眼の錯覚ではないかと考え直していた。叫んでしまっていたら、まったく、恥さらしものだという、危い思いが、彼を襲う。

とはいえ、それは、決して、錯覚などというものでは、なかった。たしかに一つの黒々とした巨大な建築物の階層が、車の前方のところにあって、その重い、四角の、長く大きい図体を、斜に道路の方へと傾けているのである。そしてその傾斜は度を深め、建物はいまにも、道路上にその大きな身体を、横倒しに倒そうとする、するとこの清の車は、この黒い高層建築物の下敷となって、一片の薄っぺらい、鉄板となりおわる。

しかし斜に傾いた、その黒い高層建築物は、その傾斜の度を限りなく深めつづけるばかりである。それはその黒い傾斜の度を、何時迄も、限りなく深めつづけてやむこともない。そしてその高層建築物は、ついに道路上にその身を、横倒しに横たえると見えて、それは、決して横倒しに倒れることがないのである。

すると建物の下敷になるかと見えた車は、たちまち、その傾斜しつづけ、しかも全然倒れることのない、横に長い建築物の傍を無事、通過しているのだ。谷杉は、車と同じ速さをもって自分の身も通過する、不思議な思いのなかに身を置きながらも、建築物の傾斜の具合を明確に把えようとして、車の右側の方へと身体を寄せる時、清が声を掛けてきた。

「地盤沈下でんな。相当ひどいでんな。どうやらこの辺りから、少し先の方へかけてこの地盤沈下はつづいてまんな。アスファルトの右側の方が、ずうっと縦横に破れて、そそけだってますがな。よう気い付けんことには、そいつが、こっちの方まで、伸びてるところに、ひっかかったりしたら、車はもう、宙に舞い上げられたと思うと、どすんと、下に放り出されて、頭を道のなかに突込んでしもうて、ジ・エンド、ということに、なりかねまへんな。」

「清、まあ、そうして、驚いてくれはんのは、別にかまいませんけれども、どういうことになりますか。その地盤沈下というのを、できれば、説明してもらいたいものですね。この辺りだけに、地盤沈下が起っているというのは、どういうことになりますかね。清はん。」谷杉は、はやろうとする心を、落ちつけた。

「別に、おどしたり、しやしまへん。事どおりのことを、言わしてもろとるだけです。こんな地盤沈下、土地陥没は、いま、方々で起ってましてな。別に珍しいことあらしまへんのや。ところ構わず、土を掘りくり返してからに、その跡を、きちんと、手当もせずに、ただ埋めるだけにして、おいとくと、地下水脈を切ってしもうたりして、辺りに水が溢れでて、地盤がゆるんで、地盤沈下を起して、団地が傾いたり、地盤が辺り一面、他の土地から四メートル、五メートル、三十メートル、四十メートルも低うなったり、してまんな。もちろん地下水脈だけが原因とは、限らしまへんのやけれども、地下水脈を切るいうのが、一番、恐いとききまんな。しかしここら辺りは、どうやら、その序の口というところやおまへんか。谷杉はん、注意してはらんと、ごつんと、頭を天井に、ぶつけるいうことになりまっせ。それは、こっちも、用心して、運転するように、心がけますが、どうもこの道がひどう悪うなってきましたよってな。」

「……。」谷杉は、清に、口を封じられたような形になってしまったと知らされていた。

「地下水脈いうのは、不思議なもんでんな。切られて、しばらくは、もう一度、同じところを、つなげようと、するらしいのやけど、やがて、もう、全然、別のところへと、出口を、見つけて、そこに水脈がいくので、また別の地盤沈下が起りまんのやな。」

清の予告どおり、車は、激しい上下振動をはじめだした。谷杉は握り革に左手をとおしたが、そのようなことで、身体の揺れを防ぐことなど出来なかった。しかし彼は揺れるなら、どこまでも揺れてくれ、揺すってくれ、揺すり上げてくれと、言っていた。彼の後にあるのは、向うの目的の家へは行かずに、すぐに引き返すようにと言う徳平親父の声である。しかし彼の前にあるのは、彼に一刻もはやく、来てくれるようにという、死人の呼び声である。

「篤平さんが、そうしてくれと、清に言ったのだね。やはり、徳平親父に電話して、その後で、もう一つ別口に掛けたのは、篤平さんということだね。」

「篤平さんは、そうしてくれというようにははっきり、言わはったわけやあらしまへんのや。」

「篤平さんは、そんなにはっきりとは、言われてない？　というと、どういうことになる？」

「どういうことにも、ならしまへん。……そうしまひょうと、すすめたのは、この清でんがな。

……清が事の張本人でんがな。」

「張本人？　清が張本人か……。」

「そうだす。あ、月が、出ましたな。辺りが月の光りで、明るう、よう見えるようになってきましたな。これで、運転手はんも、ずっと、楽になりまんな。」清は真直前を向いていて、自分の頭を支えるのに、せい一杯という様子だが、すぐにも、しゃんとした姿勢を取り戻している。

「月が出た？　そうやな。これで、なにもかも、そろったわけか。……やはり、スピードをだして、一気に目的のところへと、行ってもらおうか。……地盤沈下の話を、清からきいていて、僕は、天体の方にも、地盤沈下と相似といってよいようなことが、起ってるのやないかと考えたりしたのだが、天体の方はこうして、月を返してくれたわけだね。」

「それではスピードをだしまっせ、よろしますな。谷杉はん。」

「そうだね。清に共犯者にされてしまったからには、もう、徳平親父のところへは、僕も戻れんからね。」

「共犯者にされてしまったといわはりましたけど、その辺は、どうでっしゃろな。……やはり、徳平親父に、未練がありまんのか。……それなら、そうとはっきり、言うてもらいまひょ。……悪いようには、しやしまへんよってな。」

「別に徳平親父に未練があるわけはないが、しかし、この僕が、おらんというようになったら、どうするのか、困り切ってしまうにちがいないと思うと、可哀そうな気が、してくるのは事実ですよ。……そりゃあ、徳平親父は、悪い奴だけれどもね。」谷杉は自分の部屋の外の水槽に飼っている、金魚のはねる響きを耳にする。深い水の層のなかで、クヮーン、クヮーン、クヮーン、ビュール、ビュール、ビュールと警笛を吹き鳴らし、はねる赤い金魚群をまず、通過させておいて、錯乱寸前の天体を巡ることによって、意識を取り戻す青い月。月が自分のところへと戻って来てくれなければならないという思いのつのるなかで、月は彼の真上のところにと、帰って来ているのである。月がまわって来なければならない、月が巡って来なければならない。月のものが巡って来なければならない。月が、つきが、つきが……と思いつづけた。その月が、いま、彼のところに戻ってきて、やがて死人のもとへと行く、彼の全身にその冷い光をあびせつづけることになる。

　そして彼はその月とともに、死人の元へと行くのである。彼を待ちに待って、息を引きとろうとしている死人の元へと出て行くのである。

　もう暫時のことだ。待つほどのこともない、刻・秒の時の間だ。しばらく待てば、そこは、闇のやすらぎが、訪れる。しばらく、ただ、待つ。ただ、待つ。……そう、ただ、待つのである。

## その四

「向うにも、いまにも倒れそうに傾いた、建物が、見えまんな。谷杉はん。……いいえ、こいつはいけまへん。こんなに上下振動の激しいなかで、口をきいたりしたら、舌噛まはりまっせ、ように用心しやはることでんな。」清は、いよいよはげしくなる車の上下振動にもかかわらず、少しもその言葉を乱すようなことはなかった。

　たしかに、建物の道路に面した多くの窓が、色彩の窓、赤、緑、ブルーなど、色とりどりの光の角窓になっている、一瞬見る眼を楽しませるといってもよい、八階建の建物が道路の方に大きく傾斜しているのである。建物の赤い窓、緑の窓、ブルーの窓の一つ一つが、いまにも、車の上に落ちて来るかと思えたが、車はたちまち、その建物を、通過していた。しかし引きつづき、明りを消した、暗い高層建築物が立ち並び、いずれも、その四角の大きく、幅広の身を、道路上に斜に傾けている。「街全体が、傾いているね。清の言った通り、いよいよ、序の口から、二段目、三段目辺りへとさしかかったということですか。月が出て、建物の輪郭がくっきりと空中に浮き出てるように見えるので、これから先、四段目、五段目、六段目となると、一体どういうことになってるか、一寸、恐いね。……たしかに、清の言う通り、用心してものを言わずば、舌を噛み切る恐れがあるよ。」谷杉は、斜になった赤、緑、青の窓の一つ一つが、いまにも車の上に降り落ちてくると、見た瞬間が、眼の中に、いまもはっきり残っているのを、覚知させられていた。その窓の一つ一つが輝く色の尾を、自分の頭の上のところに、曳《ひ》いているのである。

「そんな街全体いうことは、あらしまへんがな。街の半分だすがな。道の左側の建物は、どれもこれも直立してますもん。傾いてるのなど一つも見当らしまへん。……一寸、恐いという風に言わはったのは、違うてるのやあらしまへんか。街の半分が傾いていて、道路一つへだてた向う側にはなにひとつ変化がないということになると、いくらこれが、地盤沈下が原因になってるというても、一体、その地盤沈下は、どういうようになってるのやら、さっぱり解らんということになりまんがな。そやよってに、谷杉はん、これは、一寸、恐いなど言わはってからに、過してええいうわけにはいかんのと、違いまっしゃろか。谷杉はん、これから先、はたして、どういう状態が出てるか、おおよそなりと見当つけてはりまっか。そうやったら、それを、清に教えてやってもらいとまんな。舌嚙み切らんように、十分に用心しはってからに。」清は構えていた。

「車が一台も、やって来んな。前からも後からも、全然、一台も。街がどういうことになってるのか、まさか街が二つに割れてるというようなことはないだろうが。」

「そういうことやあらしまへんのや。車が一台も後を追うて来ん位のことは、ちゃんと、解ってま、もう一寸、考えというもののある、とこを聞かせて貰いとまんな。谷杉はんのように、ものをように考えて来やはったお人には。谷杉はん、よう過ぎはん、えいと杉はんやと、ばっかり思うてましたんやけど、これ違うてましたか。」

「その、えいと杉というのは、今夜、はじめて出て来ましたね。エイトはたしかに八、そして昨日は、七日、でしたね。やはり、この分だと、よほど用心していても、舌を嚙み切るという結果が出て来そうですな。」谷杉は清がその身を押しつけるようにして、彼に迫って来ているのを感じ取り、これを一気に押し戻すには、どうすべきか、そのすべを考えなければならなかった。しかしよい考えなどというものは、ひとの頭のなかにそれほど、生れて来るものではないということを、谷杉は、いま、この年齢になったからには、よく知っているのである。いや、よく知っている方であるといい直した方がよいかも知れなかった。……車の上下運動は、いまや、その左右運動をも、加えて、乗っているものの頭は、その首から離れて、宙に浮き、或る種の異常気流のなかにあるかのようだった。

「舌を嚙み切ることだけは、堪忍したっとくなはれ。向うへ着いてから、谷杉はんの用が、まったく半分もたたんいうことになってしもうては、もう、頼るものが、ないいうことになってしまいますよってな。」

「解った。解った。清《きよし》・清《しん》・清《しょう》・清《すがし》。長くなったり短くなったり、君の具《そな》える自在な舌が、もし、この僕にもありさえすれば、こんな車の上下、左右の大揺れ位でもって、舌を嚙み切るなどということは、決してない訳で、もう、その方の心配などすることはいらんのだがね。」

「その舌のことは、もう、これ位にして、口のなかに収めてしもうた方がよいのとちがいまっか。でも、まだ、したいといわはるのなら、した、下の方にした方がよいのやないかと思いまっけど。下の方のことなら、これまた別だすもん。この下の方のことは、これまで谷杉はんとは、まだ、一度も、したことあらしまへんよって、するのも、わるうないなと、思いまっけど。どないだす。」清は急に調子を軽いものにする。

　谷杉はそれを受けなければならなかった。「そういうことになるのかな。」彼は返した。「それを、お聞きしてまんのやあらしまへんか。」清の逆襲もまたきわめて軽い。「そうだな、わるうはないね。」谷杉は受けた。「そういうことになりはりましたか、谷杉はんも。」清はふっふっと笑った。

「そうやな、不思議にも、そういえば、下の方のことを話に出したことが、お互にないね。別に、下の方の話が嫌いだなどとは、両方とも、考えてるわけでもなかった。ただ、機会がなかった、その時間がなかった、その場所もなかったというのか、やらなかったな。それでは、ひとつ、これから、はじめますか。」

「これから、はじめますかと、来やはった、そうあらたまりはった時、この方の話はできるもんやあらしまへんで。」

「僕は、そんな具合に若いものからからかわれるのは好きな方なのだけれども、いまの気分は、申し分なしとは、言えないな。まあ、もちろん、それは、この道路の悪条件から、もっぱら、来てると、考えようとしては、いるけれども。」

「そうでっか。そのように考えてくだはることを、こっちは、もっぱら、願うてますけども。」

清は言って言葉を切り、「道路、道路、道路。」と口のなかで呟くかのように言ってみせる。「月の光で、はっきりと見えるようになりましたけども、この道路は修理中でんな。アスファルトを、全部はがし取って、穴のあいてるところに、岩、砂利、土砂を入れて、道路といえるものに、つくり直すということになってるようでんな。……もう、いま、走ってるのは、道路などといえるしろものではあらしまへんな。畠のうねの中を横切ってるいうか、そのうねも、溝の深いうねだすがな、それに道路の真中辺りに雑草が、ちょび髭のように生えてまんな。」清はフロント・ガラスに顔を近づけるようにして、なおも、これから自分の車を走らせなければならない、暗い穴だらけのような哀れな道路の残骸を見届けようとする。「あの雑草が、月見草で、花をつけてたりしたら、もう、それこそ、絶望もんでんな、一体、どういうことになってまんのやろな。この道路までがこういうことになってて、すぐ隣の左側の建築には、何の異常もないという、こういうことだすけど。」

「街が二つに割れてしまってるということになりますか。」谷杉も、左手の窓に額をつけ、月明りの下に、消毒用の石灰を、一面に敷いたように、白々と浮んでいる、道路、清のいう道路の残《ざん》骸《がい》なるものを眺めた。

「街が二つに割れていることは、たしかでんな。しかしどう二つに割れているか。それがはっきりしやしまへんな。道路がこのような状態になって放り出されているのですよって、大事やと思いまんな。もちろん、これは産業道路やないので、こうして放ってあるのやと思いまっけど、道をこんな風にしたまま、で置いとけば、それは、やかましい苦情が、周囲から、出てるにちがいないので、自治体の土木部がじっとしてられることなど、ない思いまんのやけれども、手のつけようがないのとちがいまっか。」清は、姿勢を直して言った。「そうとしか、考えようがありしまへんがな。」彼は言葉を切り、すぐに、つけ加える。

「雑草が生えてきているというと、半月位も、こんな状態で置かれていると見るべきでしょうかね。」

「半月などいうことは、あらしまへん。雑草など、三日もあれば、どこにでも生えてきますもん。それに、半月も道路をこんなままにしておいたら、この担当の係長辺りは、もう、どっかへ、とばされてる、にちがいおまへんぜ。いくら、自治体の行政の課長、係長が、無能や、いうても、いま頃は、この道路が、産業道路にとはいる辺りでは、徹夜の修復工事が、すすめられてると、僕は思うてまっけど。」清は断定するように言う。そして地盤沈下が、この道路のところまで起っており、道路をへだてた、その左側一帯には、まったく及んでいないということを繰り返し言い、このことが非常に重大なことだと思うと言うのである。

この道路の右側、おおよそ一キロメートル程の地域に工場地帯があって、その地域の工場用水は、もちろん水道の水だけでは足りない。急速にすすんだ設備の拡大とともに、工場の敷地内、或は敷地に隣接した土地に井戸を深く掘り地下水を汲み揚げて大貯蔵タンクを満している水によって、絶えず工場の必要とする水量が補充されるようになっている。しかし最近、地下水の湧出量が、急激に減少しはじめ、そのため、工場敷地内と、工場敷地隣接地に、非常に無理押しして、井戸の掘鑿《くっさく》本数を増《ふや》し、従来の三倍乃至五倍という本数の用水井戸が備えられることとなったのだ。しかしそれによって、地下水の水脈層の厚みに、一挙に変化が生じ、いま、見てきているような地盤沈下をひき起すこととなったのである。

この地下水脈の層の厚みの喪失ということ、それを導いた縁因は、容易に説明することが出来る。しかし、何故にこの地盤沈下が、この道路の左側、即ち南側一帯には及ぶことがないのか、それは、断定することは出来ないが、恐らく地下水脈が道路の右側に並ぶ深い地下倉庫のある高層建築物の傾斜によって切断されたためであるとしか考えることが出来ない。とはいえ、道路右側に立並ぶそれらの高層建築物の傾斜によって、地下水脈が切断されたとして、その高層建築物の左側にある道路が、道路の形をとどめることのない、道路の残骸《むくろ》のような状態となったのは、考えてみると、道路右側の高層建築物の傾斜によって切断された地下水脈は、そこで堰《せき》止められてしまい、道路下方のところに、もとのままの形で残された地下水脈は、工場用水にと、水を取られることがなくなり、そのところの水量は増し、さらに膨脹《ぼうちょう》し、最も上層の密度の薄い、道路下の土壌を押し上げ、道路を、破壊しつくすこととなったと考えられると、清は、言葉数多く、言うのである。

しかし清の、このような、かなり道理整い、納得出来る説明が、一応、その終結へと行き着き、谷杉が、「たしかに、清のいうようにも、考えられる。」と声に出して言おうとした時、彼は、清の、いま、説き明してきたところを、たちまちにして、大きく破り去っている事物と光景を、月光の下で、しかと眼にすることとなったのだ。彼の眼は、道路の左側の、明りを、その各階の窓のところどころから、洩らしている高層建築物が、その高い建築体を道路の方へと、ぐっと傾けているのを、把えていたのである。しかもそれは、ただ一つの建築物ばかりが、そうだというのではなく、次のものも、さらに、その次のものも、まったく同じような、惨状をさらしているのだ。これまでとは、まったく、逆《さかさま》の事がそこに、現出していると、いってよいではないか。谷杉は清の背に言葉を投げつける。

「清、たしかに清の言ったようにも考えられる。しかし、事実が、その清の考えるところを裏切ってしまっている。どうやら、ここから向うは、道路の左側の、建築物の方が、その建築体を道路の上へと、傾斜させているようだよね。……ここのところから、もうすでに、ここのところじゃなくて、先のところとなってしまったが、先のところから、右と左とが、すべて入れかわっているというか、そういうことになっているようだよ。清、どういうことなんだ。……その清の眼で、これを、たしかめて貰う必要があるようだな。一体、どういうことになっているのか。迷路のなかにでも、はいったなどとは、僕は考えはしないが。」谷杉の言葉には、一寸した意地悪い、苦い吐瀉物のようなものが、はいっている。そして彼自身、そのことを知って、一層、その苦《にが》みを増してやりたいという思いをつのらせるのである。たしかに清はヤングの世代のうちでは、年長者の世代の情念の根元のごく近くまでも、近寄ることが出来る、稀な存在だったが、しかし年長者を簡単に裏切ることも出来ない、しかも、ごく、かすかな心のおののきさえも、生じることはないのである。まったく別種の技術による計算がそこにはある。

谷杉は右手の窓の方に眼をやり、道路の右手の建物で、道路にその身を突き出すようにして、傾斜しているものは、一つもないことを、たしかめた。彼は沈黙をつづけて、道路の左右に顔を向け考えつづけている清の背に再び向った。

「清、どうも、事は、清のいうように、簡単ではないようだよ。幸いなことに、月光が、一層冴え渡って、辺り一帯が、この視界のなかにいるようになって、いま言ったように、先の地点のところから、右と左が、右側と左側とがすべて入れかわってしまっているね。清、こいつを、清の眼で、よく確かめてもらって、改めて、考えを出してほしいものだね。」

「言わはる通りでんな。谷杉はんの言わはるように、道路の、こんなもん道路などと言うことは出来やしまへんのやけど、まあ仮に道路というとして、道路の右側と左側とが、あの先のところ辺りから、見事に入れかわっておりまんな。……これは、はっきり言うて、僕の予想も出来んことだした。こうも、見事に、しかも、こうも、はように、道路の右側と左側とが、入れかわることになるなどとは、考えてもおらなんだ事で、それですよってに、もう、ほうというような気持で、この通り、右に左にと、何度も顔を向け直しては、もう見ることもないやないかなどという思いを少しも、胸にすることとなしに、右側、左側の建物、その周囲の景いいますか、それを見せてもろてます。まったく、見事なもんでんな。これは、もう、見事としか、ほかに言いようが、あらしまへんな。」清はようやく、その頭を左右に動かすことをやめ、少しそり身の姿勢をつくって、言葉をついだ。見事という言葉が、またもや、そこに出てくるのだが、それは、谷杉に奇妙な姿をした、怪獣《じゅう》でもあるかのような、思いを起させた。一体、何を、繰り出してこようというのだ、と彼は思った。とはいえ、その奇妙な怪獣の姿形ともなると、ただ奇妙というだけで、しかとした、その形は、彼には、さだかに、思い浮びはしないのである。「見事なもんでんな。ほんまに。手品師の仕業、それも第一級の、いいえ、超一級の手品師の……いけない、手品師というのでは、ここのところは通れはしまへんな。奇術師というのでも、これまた、通れしまへん。通り抜けられまへん。魔術師、そう、これだすな。魔術師も、ただの魔術師というのではのうて、上に大の字がつかんとなりまへん。大魔術師の仕業と言うて、はじめて、ここのところは、走り抜けることが出来まんな。大魔術師のなせる業と、こう、考えを置いてからに、その上で、この見事な、大魔術、余りにも、首尾よく、ことをやってのける、見事な、この大魔術師に、拍手を送ってやらんわけにはいかしまへんな。そうやありまへんか、谷杉はん。清も、これには参ったと、いわせてもらいまっせ。いままでに、これ以上に、見事に、人の眼をあざむくような大変換のなされた魔術の世界に、入れられたことがないなどと、そこまでは、僕は言いはしまへんが、まったくもって、たいしたことを、してみせるもんでんな。……いいえ、説明の方は、また後で、やらしてもらいまっけど。……ともかく、なかみの入れかえ、本体の入れかえというやつ。この魔術の世界に、もう、文句なしに、さーっと、ひき入れられて、道路の右側と左側とが、入れかわったと見ている間《ま》に、清の身も谷杉はんの身も、いまに、入れかえられてしもうてるのやないか、この車の運転台にあって、ハンドルを握ってはるのが、谷杉はんで、後の席に、悠々と乗って、しかもこと細かな観察を、月光をたよりにやっているのが清やないのかいう、何というてよろしいのやろな。そうだす、両足を、五センチメートルほど、地上から浮かせて、空を飛ぶでもなく、地上を駆けるでもなく、地上わずかの空気の上を、滑るようにして、土の上をオリンピックの金メダリストが、呼吸を止めて一〇〇メートルを全速もって走るなどという類とは、また、まったく違うて、また獲物を見つけた大鷹が、空の高みから、下界さして、斜に一直線に翅を撃って、舞い降りるのとも、全然違うて、地上から、この両足を、ほんの僅かながら、浮上させて、そこに一面に敷きつめられた空気流にのるようにして滑って行くその心地よさが、いま、清のうちにこの月などよりもはるかに光度高く輝く天体か何かのように訪れて来ておりまんのやけれども。どないでしょう。こういうても、谷杉はんにも、とても解ってはもらえしまへんのやろな。いいえ、谷杉はんのことなら、清のいうことを、すぐにも、のみこんでもらえると、こう、最初は思うてましたんやけど、どうやら、それは思い違いというものらしまんな。でも、この清のいまのような、最も上質の快さこの上なしという心持《ここち》が、そのまま、そっくりと谷杉はんに、伝わらんもんかと、清は思いまんのやけど。」

「清は、一体、何を思いついてくれたんだね。見事、見事というのが何度も、口をついて出て来たけれども、そんな見事などということの、出来るものが、何処にある？　ここには、ないことは、はっきりしていると、僕は思うがね。大魔術とか魔術の世界などといって、なんやら、酔のようなもののなかに、清君はいるようだけれども、いま、清の言ったことのなかに、すでに、大きな混乱がある。清は、どうも、まだ、気附いていないようだけれども、思いつかないか。」谷杉の言葉は、かなり自由を失ってしまって、ひとりでに固く凍りつき始める。怒りの炎をもって融かすほかないのだが、谷杉は、ほんの少しばかり、それを意識にのぼしているだけである。

「谷杉さんのその、かちんかちんとした言い方には、弱りまんな。この僕のいま言ったような、心持《ここち》、いうか、気持、が解らんと言わはるんでしたら、それは、また、それで、よろしまんのやけど、この僕が、まるで、なんやら得体の知れんような、けったいなもんにでもなったんやないか、いうような言い方しやはってからに。それには、僕の方が、谷杉はん、一体、何を思いついてくれはったんでっかと言いとまんな。いいえ、谷杉はんが、僕のいまのこの気持が解らんと言わはるのは、これはこれで、そら、つろうますけど、そやけど、この方となると、それをよう辛抱して、辛抱しきれんというようなことあらしまへんのですよってに、この方は、全然、別になりまんのや。」清の言葉は、蔦の根のように、一寸見たところ、如何にも弱々しいようでいて、長くしかも思いのほか太いその姿を外に現すことなく、隠したまま、匐うようにして、はいって来る。

「清の言うところは、後で、ちゃんと、きかしてもらうことにしますよ。ただ、いまは、さっき、清の言ったことのなかに、大きな混乱があると指摘した、それを、言うことにする。どうもまだ、清は、それが何か、思い附いていないようだから。……清は、先刻、もう清の身も谷杉はんの身も、いまは、入れかえられてしもうてるのやないか、車の運転台にあって、ハンドルを握ってるのが僕で、後の席に坐って悠々と構えてるのが清やないのか、というように言ったよね。それでは、どうしてこの清の身と入れかわった僕が、清の心持、気持を理解せんとか、何か得体の知れんものに、清がなったと、思うてるとか、いう種類の言葉が、清の口から出て来るのか。こいつはどういっても、おかしな話でね。そうだろう。自分がいま言っていることを、その言ってるなかで、裏切ってるという、まったく滑稽なことを、清はしている。これだけ言って、なお、僕が言ってることが、耳にとどかんと、清君、まさか、君は言いはしないだろうね。このようなところに、いつまでも、とどまってることはない。もっと先へと僕は、出て行きたいよ。」

「谷杉はん、それは、いたって谷杉さんらしくない、話やあらしまへんか。そうだんな。僕もいつまでも、こんなところに、とどまって、谷杉はんと、やり合う、それも、ただ、言葉の上っつらのところを、ほじくり出し合うようにして、やり合うようなことは、しとうはあらしまへん。もう、これで、やめときまっけど、僕の言うたのは、例えての話やあらしまへんか。僕は仮定法で言うてまんのや。実際にそうやなんてことは、あそこには、少しもはいってえしまへん。そう、内容いうのか、その言うた内容が、事実としてそうなってることであるなどとは、あれを聞いてて、誰も思わへんのとちがいまっか、そうでっしゃろ。でも、僕は、もう、これでおいときま。

……そうさしてもらいま。」

「仮定法で言うてるとおいでなすった。なるほど、それで、理屈は十分通っている。それ以上のものは、誰も、出せんというほど、堅固でもある。しかし、ことは、それを使った時の感情にかかわっている。たとい仮定法を使ったとしてだが、それを使った時、清は、車の運転台のところにいて、ハンドルを握りながらも、清とこの谷杉とが、入れかえられて、清が谷杉になり、谷杉になった清が、ハンドルを握って、車を走らせているという、気持、そういう心持《ここち》いうか、気持になっていたんだろう。そして清自身は、またこの谷杉になって、この後の席に掛け、向うへついてから、する挨拶か何かを、頭に浮べながら、道路の左手に眼を走らせている僕でもあった。

……そうだろう。そうでなければ、心持《ここち》とか、気持ということは言えないね。……問題は感情、気持、気分などにかかわっている。これを認めんというのですかね。」谷杉は清の、心持《ここち》というか気持という言葉を清の手元にと、投げた。もちろん彼はそれを剛球として、また変化球《カーブ》などとして、投げたのではなかった。彼はそれが清の思考はもちろん感情のなかに収まるように、投げたのである。清、のなかに、いまも、あるにちがいないと思える、疲労することなく、しぼむことのない感情の源泉のところに、とどくようにと、谷杉は思い、彼の声は、少し慄えを帯びていた。

「それは、谷杉はんの言わはったことに、少しも、間違うてる、いえるところは、あらしまへん。ことは、感情にかかわっているなどというところは、僕はすぐには答えが出まへんのやけども、僕と谷杉さんとがすっかりかわってるいう、さっきに言いましたこと、それは、いま、谷杉さんの言わはった通りだす。それは、はっきり認めてよろしま。そやけど、やっぱり、谷杉はんは、僕の言うたことを、解ってくれては、いやはらんのやなと、僕は思いまんな。谷杉はんは、僕が谷杉はんになって、その僕となった谷杉はんが、運転台に乗って、車を走らせて、また、僕が谷杉はんになって、その僕が、後の席に坐って、道路を見てると、このように言わはったんでしたな。しかしそれでは、僕の言うたこととは、もう、大違いということになりまんな。そうでっしゃろ、僕は僕と谷杉はん、谷杉はんと僕とが互に入れかわるというてまんのや。ところが谷杉はんは、ただ僕が谷杉はんになるということだけしか言うてはらしまへん。谷杉はんがこの清になるということは、ただの一言《ひとこと》も、出て来んやあらしまへんやないでっか。谷杉はんもまた清にならはって、この運転台に乗って車を走らせてはるということになって、はじめて、この僕が、言うてることと同じということになります。谷杉はん、これで、解らはりましたな。もう、これ以上は、僕は、言わしまへん。」清は、いつもの軽やかな調子を失っている。しかしそこには、別に、怨みがましいようなものが、はいっているわけではなかった。清は、先に自分の言ったことは、事実、その通りであって、そこには何の小細工、もまた薄暗い思いを残すようなものも、ありはしないと言っているのである。もちろん彼は、いつものように、軽々とした駆け足の調子をもって、さらりと言ってのけたかったにちがいないが、やはり、それは、いま、彼にも不可能なこと、だったのだ。しかし何故それが、清に出来ないのか、その理由を、谷杉は、見出しかねた。その理由たるや、もちろん、清の頭のなかに、何事にも濃密な、液化空気様のもので密封して、彼自身の手でも決して封を切ることが出来ない状態で、収められているにちがいないものと考えられる。

突然、後方から、激しい爆音が、聞えて来た。それは、二人の耳に、ときどき、二人を驚かせ、二人を黙らせるに十分な、音量をもって、二人を警戒させた。爆音はいよいよ激しく高くなり、すぐ後のところにとどいていたが、爆音を発する本体は、まだ、そこには来ていず、ずっと後方にあるらしく、ヘリコプターか、何かその種のものが放つその音は、しかしヘリコプターの爆音のように上空にはなく、地上にあって、二人の車を後から、追って来ているものがあると推測させた。

くゎーん、くゎーん、くゎーん、くゎーん、ビュール、ビュール、ビュールというサイレンの音が、この後方から追いかけてくる爆音に、誘い出されたかのように、再び、二人の傍につきそった。そのサイレンの音は、この後方から、清の車を追って来る激しい爆音のなかで聞く時、或る、懐しささえ、感じられるではないか。しかし後方の爆音は、ついに二人の車の、ごくすぐ後のところまでやってきた。それは赤色をした、真赤に焼けて炎を出しているような、ジープであることを、谷杉は左の窓をあけ、首を突き出すようにして、見届けた。清が「窓から首を出すようなことをしては、大変な目にあいまっせ、やめてもらいまひょ。」と、驚きの声をあげた。谷杉は、すぐに首を引込め、窓をしめたが、彼の両眼はすでに、白い砂埃の風に撃たれて、くらんでいた。しかし谷杉は、そのようなことで、へこたれ、尻込みなどをしていることは出来なかった、彼はズボンのポケットからハンカチを取り出し、両の眼にあて、しばらくじっと両眼を閉すようにしていたが、その間も、爆音は後から彼に襲いかかって来るのである。彼が涙が溢れでた傷む眼をようやく開いた時、後方から、赤色の光線が、車にとどき、車をとらえてはなすことがないのが、明になった。

「ジープだよ。」谷杉は清に言った。

「ジープでんな。」清は言った。清は身動きすることなく、ハンドルを握っている。その姿勢は少しも、くずれることなく、また、緊張で、こわばるということもなかった。

両の窓が赤色の光線を受けて、いまにも燃え出すかのように、赤くなっている。そしてその赤は、車の内にも、少しずつ、侵入してくるようである。清の身体も同じように、徐々に、燃え始める。

「清、この後のジープの出してくる赤い光線というのは、何なんだね。何の意味だね。」谷杉は声をあげた。

「もう、何処へも逃げられんぜ、覚悟はよいかとでも、言うてまんのや、ないでっしゃろか。」

清は、少しも、あわてるところがなかった。

「清、どうする。車を停めるか。」谷杉は言った。

「停めること、あらしまへんがな。このまま、このまま。」清は言った。

谷杉は窓に額を当てるようにして、後に走り去る外の道路を見つめたが、石灰を敷いたような白い道路は、いまは赤い流れ、それも流れの速い、赤い急流のようである。その急流のなかに、赤い小さな雑草が、その頭を立てて、赤い金属の鋭くとがった矢のように、窓めがけて、飛び込んで来て、ぐさりと、額を刺すかのようである。谷杉の両手は、赤く染り、彼の着込んで来た黒い礼服の上には、紫色をした熔岩流が附着して、彼の肌を、いまにも焦すのではないかと思えて来る。

赤色の照明燈の光と、はっきり解る、大きく円形に拡がる光線を放ちながら、赤色のジープが、清の車の右手に出て、猛スピードで追い越すかと思えたが、予定の行動だろう、スピードを落した。一瞬、二人の乗った車のなかは、赤い炎で満されたと思えた。しかしその赤い炎は、たちまち、消え去り、車の二人は眼つぶしを食い、車の中には、黒い闇が来る。車は、次第に調子をととのえるジープに、いまや、捕捉されたという形である。

ようやく車内の闇が薄れて行く。……完全装備の軽合金の四角の赤色の箱によって囲われたようなジープかと見ると、その頭部は、空気の抵抗をなくすための、最新型の流線形になっていて、やはり、そうだったかと、思わせられるのだ。ジープは依然として前方に赤い光線を放ちながら、運転席に乗った、運転していない向う側の制服の一人が、その暗い車体の窓から、ハンド・サーチライトの光を、こちらの窓に向け、車のなかの二人を次々と、とらえる。ハンド・サーチライトの光は、最初、後の座席の谷杉を照し出し、つづいて、清に向う。

谷杉は、顔を真直前に向けたまま、動かなかった。清もまた、素知らぬ顔をして、ハンドルを握っている。二人の顔は、まぶしいばかりに、強い光で撃たれつづける。「車を停めなさい。車を停めて下さい。」という声が、いまにジープの窓が開けられ、とどくにちがいないとの思いが、高まる。

ハンド・サーチライトの大きく拡がる光は、今度は、清と谷杉の二人を同時に、把えてはなすことがない。赤い流れは、いまも、前方の道路の上を流れつづけているが、すでに、清の車のなかは、強力な白色の光を投げ入れられ、小さな白昼を無理矢理運び込まれたかのようである。清は、突然、左手を、ロボットよろしく、肩のところまであげ、その小さい手の平で、耳の蓋をした。谷杉は思わず、口を開けて、叫びをあげそうになったが、ようやくにして、それを抑えることが出来た。

しかし赤色のジープは、それ以上には出ず、そのハンド・サーチライトの光を手元に収め、スピードをあげ、清の車をそのまま後に残して、爆音高く、走り出した。それは、すでに、清の車の前方、はるかのところに、赤い炎の塊のようにあって、やがて小さく小さくなりつづける。

それは小さく、小さくはなるのだが、その小さい赤い塊は、いつまでも、どこまでも、前方にあって、光の在り処を、示しつづけているようである。谷杉は、「窓から首を出すのはやめなはれ」という清の警告を受けながらも、何度か窓を開けて、顔を出し、前方の、全速力をもって走行しつづけるにもかかわらず、赤い小さい炎の塊となって、ついにその姿を消すことなく在る、ジープを見た。

「航空機のエンジンでも、着けてるようでんな。とにかく速うまんな。……また、てっきり、つかまってからに、尋問で、時間を盗《と》られるのやないかと思うて、冷やりとさせられましたけど、無事にすみましたな。特別捜査班か、何かのジープでんな。事件が起きたんでっしゃろか、それとも、事件が起きるのを探知して、その警戒に駆けつけるというところでっしゃろか……」清は言った。

「でも、如何に、航空機のエンジンを着けたジープを、方々に駆けつけさせても、今夜は無駄骨折りになる夜やないのかな。」谷杉は言った。

「谷杉はん、捜査隊のことを言うてはるんでっしゃろか、それとも、われわれを、ふくめて、その上で、言うてはりまんのか、どっちでっか。どうやら、僕には後の方のように思えまんのやけど。」

「そうやね、清が、後の方のように思えるいうのだったら、やっぱりそれは、後の方とするのが、よいだろうな。」谷杉は言った。

「これは、いけまへんな、いらんこと、きいて質《たず》ね損を、してしまいましたな。」清は言って、笑い出した。

車の上下、左右運動が再び始まった。とはいえ、それは再び始まったなどとはいうべきではなかったのだ。ジープに後を攻められつづけていた時、車の上下、左右運動は、長い間飼っていた野生の、たえず頭を振りつづける、やせこけた、猪か何かのように、ふいっと、何処かへ行方知れずになってしまっているのだと、言った方が、よかったのである。

（未完）

# 解説

山下 実

〈野間文学〉といわれるものをデッサンするとき、その筋立ては、おおよそのところ、〈社会のあり方〉と、そこにおける〈生き方〉との格闘によって紡ぎ出される。格闘の指針はそこに織り込まれる。そんな理解が可能である。その野間が『青年の環』（一九七〇年）完成後、〈死〉を間近に意識したとき、このような問題とどのように向き合ってきたのか。〈野間文学〉の着地点、いったいそれはどのあたりにあったのか。

この短篇集は、そのひとつのすがたを写し出す。そこには野間の、全生涯にわたる風景の原質ともいえる痕影が、パロディカルに刻みつけられているように思われる。それぞれの短篇について解説を与えると、こうなる。

野間は『青年の環』以後、九一年に亡くなるまで五つの小説を書いている。

『生々死々』　七八年一月号〜八四年四月号（『群像』）
『泥海』　七九年一・二月合併号（『文芸』）
『死体について』　七九年五月号〜八〇年十月号（『使者』）
『タガメ男』　八〇年一一月号（『作品』）

『青粉秘書』　八二年一〇月号（『すばる』）

この短篇集は、長篇『生々死々』を除いて、野間晩年の四つの物語を収めている。『死体について』は、雑誌発表以後、ここに初めて収録するものである。このうち、『生々死々』と『死体について』は未完である。

『泥海』・『タガメ男』・『青粉秘書』は一読して明らかなように、今日喫緊のテーマとなった環境問題を素材とする一連の作品であろう。『死体について』はそれらとは異系列の物語である。この四つの物語の、その宇宙地理は未だよく解明・踏破されてはいない。

まず、三つの一連の物語から眺めてみよう。

### 変生（成）三部作

『泥海』の海老、『タガメ男』のバッタ、『青粉秘書』のアオコ、これには奇妙な共通点があるのではないか。いずれも〈憑依・変生〉関係性をもつように思われる。

〈海老〉の憑依とは次のようなものだ。南方の小さな漁師町の内海。干天続きで干上り悪臭は立ち昇る。大学講師粉川は調査に訪れる。ラストシーン、泥土の海に一人立つ粉川。それをとり囲む赤い海老の大群。やがて粉川はどさりと倒れる。虚を衝かれる終わり方だ。野間はいったい何を物語ろうとしているのか。

物語の冒頭、風呂上りの粉川は全身体にこわばりと弛緩を感じている。そして左手小指は左耳にさし込んでいる。最終場面で粉川は頭を左右に振り泥の海を歩いていく。やはり左手小指は左耳にある。滑稽不可解な姿態である。一方、飛びはね踊りはね海面水平の彼方からやってきた海老たちは、「左右に頭を振って」失われた耳石を探している。頭を左右に振ること、そして耳殻に異常を感知していること、この二点で粉川と海老たちはその動作において一体化している。奇妙な照応性がここにはある。

もしかしたら、この照応性は粉川が海老へと変生していく予兆の暗示なのではないか。野間の物語のなかに前例はある。『わが無花果の実』（五五年）の「私」は「大きなうにのような、なまこのような」ものに姿を変えた。『動物図鑑』（六〇年）の主人公はモグラになってしまった。人が異類に変身し、異類が人間に憑依する物語を書いている。そうした参照例の上に立って粉川の海老化プロセスを眺めるとどうなるか。初期兆候、それは耳の異常感・身体のこわばり・吐き気・熱っぽさといった症状で現れる。次になんらかの表層的異常・変化となって突出する。だが粉川自身にその自覚はない。彼を見つめる学生たちについて、「しかしどうして、彼らは、笑いもせず、いかにも不思議そうにこの俺を見ているのだ……一体、この俺が、どうしたというのだ」と不審を募らせるばかりである。そして最後に、粉川は海老化として変容していく自分に気づくのではないか。彼の、「そうか、そういうことか……、そうか、そういうことか」と繰り返される台詞は、二様の意味をもった掛詞なのではないだろうか。一つは学生たちへの相槌であろう。だが、この台詞にはいま一つ、粉川の気づきが含意されているのではないか。気づいたからこそ、粉川は海老たちのやってくる泥の海へ一人出向くのではないか。海老たちのささやき、それは粉川を自分たちと運命をともにする負の共棲者と認めた彼らの愁訴かもしれないのだ。

話柄を『タガメ男』に移してみる。環境汚染の犠牲的シンボル、それがタガメであろう。野間はエッセイ「信州のタガメ」(八一年)のなかで、タガメが長野県で絶滅したと報じる新聞記事について書いている。この物語を書くきっかけの一つだったか。だが、ここにタガメは直接登場することはない。それは既に死んでいる。物語の冒頭、村人たちが、雷に撃たれ倒れた岩見東太郎(タガメ男)を取り囲み、傲慢な岩見の殺害の算段をしているさなか、そのタガメ絶滅を滝代に語りかけるのはバッタである。滝代はこのとき、「急に眼がくら」む。そして、彼は「彼のまわりに多くの蟲が集まって来て飛びかい、彼の肘のところに無数のバッタが重なり合うようにして、とまっているのを見」るのである。超常的事態の発生である。バッタは何を目論むのか。『泥海』の海老登場の場面が想起されよう。バッタはこんなふうに語りかける。

「蟲屋の滝代、お前の飼っていた、タガメも死んじまったよな。蟲屋の滝代さんよ、お前の大事な大事な、タガメも、水槽のなかで、こと切れたよな。」

タガメの死を愁嘆するバッタ。なぜかバッタは、滝代と岩見しか知らないはずのことを知っているのだ。それだけではない。バッタの語り口は岩見の口振りを思わせる。その特徴は次の三点に認められる。呼び捨てで「滝代」と呼びかけていること。滝代を目上目線の二人称「お前」で呼ぶこと。そして、文末に間投助詞「よ」と「な」を用い、感嘆または念をおす気持ちを込めること。これらの特徴は、岩見が滝代を査問する次の台詞のなかにすべて含まれている。

「滝、覚悟はできてるな。手前は、この俺が雷に撃たれることなどねえことを、知っていやがってからに、なぜ、みなに、そう言って、事をとめねえのよ。え、蟲屋には蟲屋の掟があ

ったよな。」（傍点引用者）

その岩見の声はバッタの声に重なって聞こえないだろうか。そして、もしかすると、これは野間が潜ませた物語の仕掛けのひとつなのではないか。

地球環境の危機というテーマ。今から三〇年以上前から事の重大性を訴えていた野間である。しかし、このテーマを小説化することの困難も知悉していた。近代リアリズムのまともな手法では読者は振り向かない。おもしろく思わせるには趣向をこらし操作工夫の仕掛けが必要となる。この時期の野間の物語に意表を衝く趣向が多いのは、そのためであるにちがいない。

どうやら岩見はバッタに憑依しているらしい。そう考えると辻褄が合うのだ。死んだタガメに代わって、バッタの口を借りタガメの死を悼むのである。その悲しみの声はバッタの大合唱となり滝代を撃つのである。岩見はなぜ、そうまでしてタガメの死にこだわるのか。彼はどうして「タガメ男」を自称するのか。そのことについては、後で「いわくあり気な人間たち」の項で述べる。

三つ目の『青粉秘書』を次に見てみよう。これはアオコの憑依譚、アオコへと〈変生〉していく人間の物語ではないか。植物プランクトンであるアオコ。そのアオコの繁茂は水の汚染度・毒性が増すことを意味する。アオコは忌避される困り者、環境汚染の負のバロメーターである。諏訪湖を思わせる湖。澄明だった湖水は緑色に濁り、観光業・地場産業は廃れた。すっかり寂れ果てた街。主人公江橋はそんな故郷へ東京から舞いもどる。そこで遭遇する三人の男たち。大地主で温泉を掘りあて近隣の土地を買い占めている行田陣太郎。怪しげなヨガの「聖者」で、広大な敷地にヨガ道場と治療院を経営して金儲けに精を出す日津木好胤。土地コロガシで暴利を貪る信用組合の南里。いずれもこの街を食いものにする詐欺的拝金主義者である。江橋は餌を撒かれた生簀の鯉である。金をちらつかされて三人の男に擦り寄っていく。

江橋はそこで彼ら三人に〈汚染〉されるのではないか。たとえば、江橋が行田に初めて出会う場面はこんなふうである。行田の過剰なまでの「赤ずくめ」の衣装。江橋は「その赤く染まった男に眼つぶしをくらったような状態」となる。そして、「当の御本人が赤く染まっている以上に赤く染まりそうに思えて」陶酔状態に陥りそうになる。〈感染〉の始まりではないか。日津木に、それから南里に、と出会っていく過程で感染は広がり深まっていくはずである。江橋は終局に向って物語の斜面を滑り落ちる。五色秘書は三人の男の陰で糸を引くフィクサー的人物である。その五色が江橋に語りかけるラストシーンは、三人の男たちへの江橋の〈感染〉を暗喩しているのではないか。

「おい、このアオコ頭さんよ、一体どうされたんだ。え、アオコが頭のなかに住みついてしまって、どうすることもならん、とか言いながら（略）アオコが頭いっぱいに繁殖して、悲しい悲しいいって、鳴きに鳴いているって、いうんだろう。（略）」

そしてわたしの頭は、一挙に昇って来る何十億という増殖しつづけるアオコの群の熱波に近い鳴き声に満たされ、まことの住み着くところのない、しかももはやこの地から離れることのできぬ、哀れで滑稽な男の仲間入りをすることとなったのである。

アオコは〈感染体〉である。だがもはや物質的アオコではない。物象化されたアオコに隠喩化される。環境汚染体は固定体から観念的運動体へと昇華する。観光的マイナス作用因としての〈アオコ〉存在は、湖周辺地域を寂れさせ土地価格を下落させるだろう。それは土地を買いたたき値を吊り上げては売る業者に、暴利を貪るチャンスを与えるものとなる。江橋の頭のなかに増殖するのは、寂れた街の変異を食いものにし肥えていく資本メカニズムなのだろう。プラス活用化されるアオコへの換質である。殖産儲金の道具として利用されるのである。アオコ化していく江橋。江橋の変生である。

このようなかたちで三つの物語を読むとすれば、こんなことがいえるかもしれない。野間は環境汚染問題を物語化しようとして対象を三つに分節化した。それは『泥海』の〈海〉、『タガメ男』の〈川・池〉、『青粉秘書』の〈湖〉の三つである。これは〈水〉を共通環境エレメントした〈三曲屏風〉なのではないか。そして、憑依変身する主人公たちの〈変生（成）〉三部作なのではないか。

**〈天皇制〉パロディー**

だが、この時期の野間には油断がならない。思わぬ仕掛けで読者を挑発する。透かし絵が一条の光の下に浮かび上り、そこに本音が潜んでいたりするのだ。

あらためて『タガメ男』をながめてみるとこんなことである。岩見は自分を殺そうと企んだ村人たちに自身の墓を掘らせている。自己埋葬。いったい何のためか。野間は思いきった趣向を凝らす。

岩見は今や富財を手に入れ土地を買収した村の支配者である。だが、かつては「人に嫌われる蟲屋」であった。そこから「性悪の一人の支配者」に成り上がるのだ。過去の〈屈折存在〉たる自分の出自が邪魔なのだ。一度〈死〉を潜らせることで、浄化・聖化する必要があったのではないか。

しかし、野間の〈自己埋葬〉設定の意図はおそらくそれだけではない。〈権力〉は柔和な仮面をつけ、死んだふりをして自己を空無化し、延命化を図る。野間はそのようなこの国の権力構造を、自己埋葬を通して揶揄しパロディー化するのではないか。〈埋葬〉場面をふり返ってみよう。舞台装置は簡単なものである。墓穴と白木の寝棺と急遽作られた屋根つきの「板囲い」だけだ。板囲いとは岩見が白い屍衣に着替える場所である。屍衣をまとった岩見は、一度は〈死体〉を演じて寝棺に横たわる。だが間もなくそこから出てくる。茶番狂言めいて奇態なのだ。しかし、このあり方を岩見の〈生まれ変わりの儀式〉と捉えてみると、この国最大の生まれ変わりの儀式である〈大嘗祭〉との奇妙な類似に気づかされる。大嘗祭とは天子の即位に際しての一代一度の大祭である。七ヵ月間に渉る祭のなかで祭儀は十回ほど行われるという。そのなかで祭の核心をなすのは〈大嘗宮の儀〉である。それは次のようなものであるらしい。

大嘗宮は悠紀・主基の両殿より成り、それぞれに同じく神座《かみくら》・御衾《おぶすま》・坂枕《さかまくら》などが設けられて悠紀・主基の順で天子による深更の秘儀が行われた。秘儀ゆえにその詳細は知りがたいが、内部の調度より推して、天子はそこに来臨している皇祖天照大神と初穂を共食しかつ祖霊と合体し再生する所作を行ったらしい。聖別された稲を食することで天子は国土に豊饒を保証する穀霊と化し、さらに天照大神の子としての誕生によって、天皇の新たな資格を身につけたのである。

（岩波書店『日本古典文学大辞典』）

「祖霊と合体し再生する所作」とはどのようなものであるのだろう。それは知れない。だが、「御衾」と「坂枕」が用意されている。天子がそこに横臥したことはまちがいないだろう。一方、岩見は白木の棺に仰向けに寝ている。そして、あたかも「再生する所作」を演じるかのように立ち上りそこから出てくるのである。

似ているのはそれだけではない。〈大嘗宮の儀〉の舞台となる大嘗宮。その造営の際には〈板垣〉が周囲に巡らされるという。

東西六〇間、南北六〇間の地を画して板垣をめぐらし、外郭とし、その内に東西四〇間、南北三〇間の柴垣をめぐらし云々。

（平凡社『世界大百科事典』）

そして、その板垣と柴垣との間には「回立殿」が設けられ、これは「天皇が禊斎のうえ、御祭服に着替える建物」であると右事典は教える。天皇は大嘗宮の儀の際、〈板垣〉のなかの回立殿に入り祭服に着替えるのである。岩見が〈板囲い〉のなかに入り真白な屍衣に着替えるのは、これの模擬行為といえないだろうか。岩見が酒を用意していることも共通点として付け加えてよい。

すると、この『タガメ男』という物語は、こんなふうに要約できるかもしれない。嫌われ者の小悪党岩見。彼は〈地域権力〉を手に入れると事故死を演出し権力の強化を図った。さらに〈自己埋葬〉を行うことで自己の再生と権力の聖化を目論んだ。この再生と聖化の物語の陰に、野間は〈大嘗祭〉を垣間見させる。それは天皇制の祭祀的中心核である〈大嘗祭〉のカリカチュア化・徹底的パロディー化なのではないか。

『青粉秘書』の場合はどうか。日津木好胤とそのヨガ道場からながめ直してみる。命名からして胡散臭い。〈ひつぎ〉は「柩」か、それとも「日嗣」（天皇）か。いずれも『タガメ男』のキイワードである。下に「好胤」と続くところからここは「日嗣」であろう。「胤」には「子孫が父祖を承継する」（『大漢和辞典』）意がある。「好」は「皇」に掛けているか。するとこの男、〈天皇の位を好く継ぐ者〉、即ち〈皇胤〉という語呂合せも可能になるのではないか。〈ヒツギノスメラミコト〉である。

ヨガ道場は〈異空間〉めいている。「旅館街を離れた広い敷地」をもち、三階建を含む三つの建物は地下道で通じている。どれほどの規模なのか。そしてヨガ道場の内部は「数万の弦の響きわたっているような静けさ」に充ちている。日常的世界を離陸した雰囲気。狂騒社会のなかの静寂空間。〈天皇制〉のパロディーとして読めないか。

日津木が説く〈ヨガ〉とは、「隠れたる者にして現われたる者、隠者にして現者という精神」であった。これは絶対天皇制と象徴天皇制を使い分け延命してきた、〈天皇制〉の〈陰〉と〈陽〉に重ならないか。ヨガ道場は擬似宗教空間・擬似聖域でもあったのである。

仮に、日津木とヨガ道場が〈天皇制〉めくもののパロディーと見なせるとしよう。温泉業者、行田陣太郎は、「広大な土地と多額の資産」をもつ〈大地主〉身分であった。信用組合長、南里は、〈金融資本〉のかたわれである。日津木と行田と南里。この三人の組み合わせにも趣向を凝らしている節があるのではないか。

ここに、「日本における情勢と日本共産党の任務に関する共産主義インターナショナル執行委員会西欧局のテーゼ」なるものがある。コミンテルンのいわゆる〈三二テーゼ〉である。八〇年近くも前の〈亡霊〉と侮蔑されかねないものである。しかし、それは戦前の「党」の活動方針を決定する。当然、野間は知悉していたろう。そのなかの「革命的段階の主要任務」の項で、「任務」は次の三つにまとめられている。

i 君主制の転覆

ii 大土地所有の清算

iii 七時間労働の制定、および一つの国立銀行への全銀行の統合

革命というものが狙う〈敵〉の急所である。当時の〈大日本帝国〉の権力構造分析にほかならない。

その任務が〈行動〉戦術を決定する。つぎの一文は「現瞬間のための主要なスローガン」の項にある。

> すべての地主、ミカド、および社寺の土地の農民のための無償没収。地主、金貸し、および銀行に対する農民の一切の負債の取消し。（傍点引用者）

「地主」（封建勢力）と「ミカド」（天皇制）と「銀行」（金融独占資本）。〈三二テーゼ〉が分析した権力中枢である。このような権力構造は、三頭立ての馬車になぞらえて〈トロイカ方式〉と呼ばれたらしい。

もしも『青粉秘書』一篇の三人組がこのように見なせるならば、彼ら三人が形づくる異空間は〈三二テーゼ〉のとらえた権力構造のパロディーである。野間は揶揄する。行田を、日津木を南里を笑いのめす。そうやってこの国の権力中枢に食い下がるのだ。野間の矜持である。〈「塀」の中の懲りない面々〉の一人でありつづけようとする。

それでは三部作最初の『泥海』はどうなのだろう。もちろん、アナロジーにアナロジーを重ねる解釈作業である。確かな根拠があるわけではない。だが、『タガメ男』と『青粉秘書』の二作のなかに垣間見た、〈権力構造のパロディー〉というフィルターを通して『泥海』をながめてみると、野間のひとつの目論見がおぼろげながら見えるような気がする。

『泥海』の主人公粉川とは何者か。彼は大学講師、つまり研究者である。「内海の住民調査」で海の異変の起ったこの町に来ている。〈内海〉が彼の研究者としてのフィールドなのだ。

一方、ここに『相模湾産蟹類』(六五年、生物学御研究所編、丸善株式会社)という一冊の書物がある。その解説を担当した酒井恒は「緒言」で書いている。

天皇陛下が永年にわたって相模湾において御採集になったカニ類の標本は莫大な点数に上っている。それらの標本は(略)干潮時における磯の御採集によって得られたものも多類含まれている。

昭和天皇が生物学の研究にいそしんでいたことはよく知られている。海辺で標本を採集する一研究者。そういう一面をもっていた。粉川との共通点の一つである。

また、『相模湾産ヒドロ虫類』(八八年、以下前著に同じ)なる書物もある。ヒドロ虫類とは、海岸を棲息地とするクラゲやサンゴやイソギンチャクなどと同じ腔腸動物の一つである。その研究は昭和天皇のライフワークであったようだ。『泥海』のなかで学生たちは粉川に、〈くらげ〉と〈磯巾着〉は海の異変により死滅したと報告する。粉川は学生たちから、「口を開けたり閉じたりして、いつ、磯巾着などに変身されたりしたんです。」とからかわれる。また、旅館の主人は夕飯には〈蟹〉を、と粉川相手に蟹談義を始める。〈くらげ・磯巾着・蟹〉が会話のなかを飛び交うのである。海岸生物研究と関係はないのだろうか。

そして、この物語でいまひとつ気になるのは粉川の〈強迫観念〉めくものの存在である。この男、茫洋としてつかみどころがない。だが、そんな彼に陰影を与えるのは、彼の心身のバランスの悪さ、不安定感なのではないか。彼の被害者的あり方からそれは生まれてくる。

物語冒頭、粉川を襲う全身体のこわばりと弛緩。何かによって不調状態に陥れられるのである。身体の異常感は最後まで消えない。また、「いかなる気力をもってしても耐えることのできない、かつてない化学反応を起こさせるほどの、臭気以上の攻撃が、彼に対して行なわれた」とある。「攻撃」とは左耳の異常に関わることなのだろうが、いずれにせよ粉川は何かの〈攻撃〉を受けている。そして、その脅威の下に身を晒しているのである。さらに、粉川が学生たちに昼寝の眠りを破られる場面では、被害者意識はより顕著に突出するように思われる。

何ものかが、一斉に彼に、まわりから襲いかかってくるかと、身を起こすと、学生たちが彼を取り巻くようにして、覗き込み、笑い声をあげている。

粉川は何かに怯えているように見える。昼寝も安心してできないのではないか。いったい何に怯えているのか。海老にとりまかれ倒れる粉川も、やはり被害者性を身に帯びているだろう。
このような読みが可能であるとして、この国が敗戦を迎える直前、米国は天皇制の処遇をどう考えていたか見てみよう。米国の論調の大筋は当時の極東局長ホーンベックからハル国務長官に宛てた次の「覚書」からうかがえる。

日本の天皇制に関し、日本の占領当局がとるべき政策については、三つの派の考え方がある。すなわち、天皇制を打倒せよ、という派、天皇制を存続させ、これを利用せよ、という派、そして、天皇制を存続させるが、その権能と活動を停止せよ、という派がある。

（一九四四年四月二九日「国務長官あてのホーンベックの覚書」）

このとき〈天皇制の打倒〉は三つの選択肢のなかの一つであった。あるいは中国ニューズ・サービスの研究員B・A・リュウが『現代中国』（四三年一一月）に書いた論文「ミカドは去るべし」のように、より厳しい見方をするものもあった。それはこんなふうに述べる。

裕仁は、他の戦争犯罪人と一緒に逮捕されたならば、衆人注視のもとに裁きを受けて、処罰に甘んじるよりも、むしろハラキリを選ぶであろう。いずれにせよ、天皇は、再び彼を世界平和にとっての脅威にするおそれのある地位から必ず追放されなければならない。

（「資料日本占領I　天皇制」大月書店、右「覚書」も同じ）

天皇制の存在の〈きわどさ〉。これは粉川のかもし出す強迫観念と呼応するものかもしれない。もし、このような仮想にもとづく読みが成り立つとすれば、『泥海』・『タガメ男』・『青粉秘書』という環境問題を素材とした三つの物語は、〈変生（成）〉三部作であるだけではない。それは天皇制揶揄の三部作なのではないか。そして、もっと想像をたくましくすればこんなことも考えられるかもしれない。野間は『泥海』で〈天皇制〉の揶揄をそれとわからぬよう用心深く潜ませた。だが、反応らしい反応はない。野間は落胆したのか、安堵したのか。次は少し大胆な工夫粉飾をして『タガメ男』を書いた。まだ思わしい反応は返ってこない。それでとうとう『青粉秘書』のなかに〈日津木好胤〉を登場させることになったのではないか。

## 『死体について』の不条理空間

『死体について』という物語は不条理空間によって成り立っているように見える。何が不条理か。主人公谷杉陽一は葬儀屋仲間の清を連れ、深夜死人の出た家へ出向く。だが、清の運転する車は方向違いの道を疾走する。「どうも、方角が解らんようになってしもうたがな。」と谷杉が言えば、「僕もおんなじことで、今夜は、方角が、皆目、解らんという具合になってますがな。」と清は応じる。のっけからただならぬ気配は満ちている。迷路性。異質空間に迷い込んだ態である。不条理空間の徴候であろう。

葬儀屋の総務主任、徳平は、死人は脳血栓によって急死したと谷杉に告げる。しかし、清によればそれは自殺の疑いのある事故死である。真相は明かされない。謎として放置されたまま、徳平は死者の家への出向を中止するよう命令する。その理由は示されない。死体は死因不明の霧の中に宙吊りにされる。

曖昧性は油彩のように塗り重ねられていく。谷杉と清の耳を脅かす「これまで、きいたことのないサイレン。」それは「かなり遠いようでもあるし、ごく近くのようでもあ」る。どのような事故・事件なのか。検問の警察官は口を濁す。不条理空間は徐々に姿を現わすのだ。

そのようななかで三つの突発的事件は起こる。何者かが仕掛けた時限爆弾が爆発し警官に重傷を負わせる事件。高層建築を大きく傾け道路をひび割れさせる地盤沈下。谷杉と清が最後に遭遇するのはサイレンを鳴らし事件現場に向かうらしい赤いジープである。

このような、谷杉の言葉でいえば「錯乱寸前」の空間を二人の車は走り抜けていく。迷路性、曖昧性、突発性、さらに誇張や滑稽化が、そこでは混交し縺れ合い横溢するのである。野間は端正で安定した空間秩序を、変転生成する世界へと変貌させる。野間のこんな表現スタイルはバロック的と言えよう。そこでは時間までも尋常ではない。錯空間・錯時間の世界である。清は、「今夜は、方角が、皆目、解らん」と言っていた。そして、「わるいな。今夜はようない。」と、「今夜」が特異な夜であることをくり返す。「今夜」は〈不条理時間〉なのだ。それも、不条理空間を劈開し、その裂け目のなかに潜り込んでいくような時間。不条理の裂け目としての時間である。そこに野間は〈死〉というものへの入口を設定するのだろう。

### いわくあり気な人間たち

この物語の三人の主要登場人物、葬儀屋の谷杉と清と徳平は、いずれも謎めいている。胡散臭いのである。

徳平は死体の前でそろばんを弾き、舌なめずりしている。「今夜」は死体が金の成る木なのだ。

死人にたかる闇の商売人なのか。死体を粉飾擬装し、医者や警察の目を摺り抜けて金をせしめるのか。「今夜の死人」はそんな危険な香りを放っている。

もと大型トラックの運転助手であった清は、なぜか大型外車に憎しみを募らせる。谷杉に、「ブレーキをかけてこっちから、ひとかまし、かましたりまひょか。」などという。それは清の切ない自虐性なのか。谷杉はそこに「清の傷口のようなもの」を見、「一寸した心のなかの薄明の花弁のふるえ」を感受している。清は谷杉の味方なのか、敵なのか。彼は谷杉と徳平の間を二股かけて往還し、二人を手玉にとることで活性化する、いわばトリックスター性を帯びた人間なのかもしれない。

それでは谷杉とは何者か。いつからエンバーマー〈死体装飾人〉をしているのだろう。この仕事を彼に教えたのは父親〈義父〉である。「彼は父親が多くの死体を洗ったと同じように、多くの死体を洗い、水をそそいできた。」この一文には谷杉の出自が語られていようか。深い民族古層のなかの〈死穢を中心とした穢れ観〉は、葬儀職をこの社会に必要不可欠な、しかも人びとから忌避されがちな職業としてきた。谷杉は父子二代にわたって死体を洗ってきたのである。〈差別〉は逃れようがなかったろう。けれども、その仕事は「彼のただ一つの誇り」として誇示される。それはもしかしたら、谷杉が被差別部落の人間であることを暗示するのかもしれない。忌避される職業を受け継いできた人間の、譲ることのできない矜持とも考えられる。

谷杉の歩く「堀割り沿いの道」は、堀割りをふさぐ破れ板の隙間から耐え難い臭気が上り立つ。道の両側からトタン屋根のバラックや掘立て小屋はせり出している。貧しい人たちがひしめき合って住む細い道。そこを通り抜ける谷杉が、「じつに親しみのある、身をふるわせるようななつかしさ」を感じているのはなぜなのか。下層社会の底辺に生きる人びとに寄せる、谷杉のこの熱い郷愁めいた一体感は、彼の出自を物語っているのではないか。

野間は七九年から雑誌『世界』に『狭山裁判』を連載してきている。この『死体について』の連載が始まる同じ七九年には、『狭山裁判　下巻』(七九年七月、集英社)を出版してもいる。この時期に野間の書く物語のなかに部落問題が取り入れられることは十分あり得るだろう。ちなみに、『死体について』のなかで谷杉と清が向かう死人の家も部落に関わるのかもしれない。その〈家〉は当初、「家柄」は不明ながら「旧家」と伝えられる。「旧家」のベールは徐々に剝がされていく。電話の徳平はいう。「街での評判はよいとはいえん」。それは次に「何かあるんやないか」と疑問形に変わる。その「何か」を尋ねる谷杉に徳平は、「それがどういうことか、いう位は、わざわざそれについて言わんでも解ると思うがな。こういうことは、電話などでいうことのできるようなもんやない。」と答えている。家柄に「何かある」といえば誰もが「言わんでも解る」といい、「電話などでいうことのできるもんやない」という。この徳平の台詞から滲み出すのは部落差別意識ではないか。

そうであるとすれば、『タガメ男』の岩見東太郎もまたながめ直してみる必要があるのだ。岩見が蟲屋をやっていた谷間の奥地の村は最悪の条件下にある。土地は狭く米作耕地は僅かだ。夏でも日照時間は短く水の便も悪い。そんな最低の土地すら持つことが出来ず、岩見は「生ぐせえ蟲の匂いを身につけてひとに嫌われる蟲屋」になったのである。蟲屋時代の岩見は被差別者・被抑圧者だったのではないか。彼が村を出、都市で庶民金融業者に成り上っていくのは、単なる立身出世譚ではない。被差別者から差別者・抑圧者への脱皮を図る彼の変態する生の位相なのである。〈タガメ男〉を自称する岩見に自虐性はあったろう。だがそれ以上に、人に忌み嫌われても耐えるしか生きるてだてがなかった彼がタガメの生存様態に己れの生き様を重ねてみるとき、そこには開き直りに似た自恃の念があったように思われる。

話を谷杉に戻そう。谷杉は清に隠さねばならない〈自分〉を抱え込んでいる。そして、「隠していた自分を、清に、黙ったままで、隠しておくことが出来なくなるのではないか」と思う。何を隠すのか。彼の出自か。だが、はたしてそれだけか。

奇妙なサイレンの響きわたるなか、谷杉はこんなことを清にいう。「故障、それから事故。しかし事故のことは、しばらく言わんことにしようや。事故、事故、事故、事故は、いまや、日本の屋並みのようなものだからね。」「事故」のくり返しがくどい。この言葉に特別な思い入れでもあるのか。忌詞なのか。それとも、〈自己〉と掛けて〈自己＝自利〉社会への反撥を吐露するのか。続く文章を見よう。

谷杉は言うまいと考えていることを、つい口に出して言ってしまったという思いにとらわれる。殊に今夜は、このようなことは、言いたくない、言いたくなかったという思いが、彼の頭を縛る。

「事故」はまるでタブー視されたトラウマとなっているかのようだ。そうだとするとその〈事故〉とはどのようなものなのか。

谷杉と清の乗る車に着目してみる。「それは谷杉の前に異様な囚人を運ぶ小型護送車のように現れた。」この直喩は「黒塗りの小型囚人護送車の運転台のドアが開き」と隠喩化され、さらに谷杉に波及し彼を「護送車で特別に送られていく一人の囚人」と比喩化する。谷杉は〈護送車〉を知っている口振りである。比喩にかこつけて、隠された谷杉を示唆するのかもしれない。かつて護送車に囚人として乗せられた記憶が、「事故」という現実に誘い出されるように脳裏をよぎるのである。

ひとまず谷杉と「囚人」を重ねてみよう。すると谷杉の次の台詞には、彼のおそらく政治的活動の名残りと思われるものが淡く浮かび上がる。谷杉は徳平に電話を掛けに行く清にこんなふうにいうのだ。

「（略）やはり、今夜の事故のことについては、あらまし、知らせておいてもらいたいね。しかし公衆電話は、盗聴されていると、考えて、工夫してもらいましょうか。」

ただの葬儀屋の会話とは思えない。公衆電話が盗聴されていることを経験的に知っており、警戒する心配りに抜かりはない。谷杉の政治的正体が垣間見える気がする。彼が放つのは警察権力に対向したことのある人間の気配ではないか。

この物語が描く政治的状況に目をやってみよう。二人が遭遇する深夜の検問は時限爆弾爆発事件の犯人を追っている。交番と企業が狙われている。権力へのテロである。野間はなぜこのような事件を物語のなかへ取り込むのか。この物語が書き始められる五年前の七四年、連続企業爆破事件は世の中を震撼させている。東アジア武装戦線を名乗る極左ゲリラグループ。彼らはこの国の中枢を担うとされた三菱重工や大成建設などの企業に時限爆弾を仕掛け、次々と爆発させた。野間の意識裏にこの事件が影を落していなかったろうか。谷杉の隠された正体は、このような政治的磁場のなかから立ち上るのかもしれない。

また、二人の車に背後から迫る不気味な赤いジープ、これも緊迫する政治状況を象徴しているのではないか。野間はある対談のなかでこの物語についてこんなことを述べている。「いわゆる非常に危険な爆薬物を持っている集団ですね、それと一つの新しい生物を用いて戦争を行う研究をしている自然科学者が出てくる。」〈赤いジープ〉はこの〈生物兵器〉に関わるように思われる。オウム真理教が〈炭疽菌〉を噴霧する事件を起こすのは九二年である。これがアメリカでテロ事件に使用されるのは二〇〇一年である。野間は十年以上先に勃発する事件を予知・予告するかのように、物語の舞台を作る。谷杉はそのような政治空間に投げ込まれる。

この物語の時代は特定されてはいない。だがこのような状況設定から、それを七〇年代中頃から八〇年代にかけてのあたりと仮定することは可能だろう。そうであるなら、それはベトナム反戦運動や七〇年安保闘争、そして全共闘運動など、大きな政治のうねりが引き去った時代である。トロツキスト、ニューレフトと呼ばれ闘った人間たち。彼らはこの時期強大な権力を前にして、ちょうど谷杉が徳平との関係を省みて思うように、己れが「人形使いの人形になりさがっている」と唇を噛みしめなければならない状況下にあったのではないか。そして彼らのある部分は谷杉のように、「この人形使いと人形との関係は、やがては、まったく逆のものに転じることになる」と己れに言い聞かせていたのではないだろうか。そんなことも思われるのである。

もし、このようなアナロジーが成り立つならば、谷杉はニューレフトの一人ということになる。彼は政治闘争の渦中で何かの〈事故〉に遭遇したのである。その〈事故〉によって不運に見舞われたことが、谷杉をエンバーマーという今の境遇に置いているのかもしれない。

## 〈火〉と〈水〉をめぐる解釈——変調〈二河白道〉論

執拗に鳴りつづける電話のベルからこの物語は始まった。受話器はそのとき「赤い炎」を放つ。それは何を意味するのか。谷杉と清が遭遇する最初の事件は時限爆弾の爆発であった。爆裂の〈炎〉はやはり放たれたに違いない。そして赤いジープが暗示する第三の事件。それは「真赤に焼けて炎を出しているような、ジープ」なのであり、それが放つ赤色の光線を浴びて「清の身体も同じように、徐々に、燃え始める」のである。つまり、物語の冒頭から最後の場面まで、谷杉は〈炎〉に付きまとわれ炙られている。

電話のベルは単に物語の開幕を告げるのではない。受話器は〈炎〉を放つことで、これから始まる物語が、炎を噴いて燃え上がり乱発する〈生〉の錯綜であることを予告するのではないか。第二の事件である地盤沈下はそのように騒擾し燃え広がる〈生〉の一コマであろう。〈炎〉は錯綜する現実から噴き出す。谷杉は次々と待ち受ける事件のために、なかなか〈死体〉に到達することはできない。電話のベルは眠りを妨害し苛立ちを吹き出させ、地形の変異は生業業務を遅延させる。そして谷杉の身体が「燃え始める」まで、〈炎〉は攻撃の手を緩めることはないだろう。

この物語において〈炎〉に劣らず複雑な意味を帯び大きな役割を荷なうのは〈水〉である。

〈水〉はどう描かれるか。谷杉が死体を洗う行為はこんなふうに語られる。

いずれにしろ、その今夜の男は死んで、死体となっているのである。はやく行ってやらなければならない。／そして死体のもっとも求めている水をおしむことなく、灌いでやることである。死体はもちろん水を求めている。それが出てきた水のなかに深く漬り、そこに横たわることを。

谷杉にとって死体は即物的なものを超出していよう。彼は死体を、理想型としての、「彼の考えるところの死体」とするために水で洗い、それを観念化・荘厳化するように思われる。そうであるとすると、彼が死体を水で洗う行為には二つの意味が読みとれる。一つは、〈生〉空間の不条理に晒され〈生〉の垢をつけた死体を洗い清めること。いま一つは、その死体を平安に安置すること。死体は「それが出てきた水のなかに深く漬」ることを「求めている」と述べられている。このとき〈水〉は羊水のイメージを漂わせる。死体は羊水に漬かりたいのではないか。母胎願望である。死体は母胎に回帰するのだ。母胎こそ死体の安住の地なのかもしれない。

ところで、谷杉の死体洗浄には三つ目の意味が隠されていないだろうか。〈水〉はこう書かれる。

彼は死体に水をそそぎ、洗いながら、彼が水といよいよ、わかちがたく親しくなるのを感じるのである。彼は水が死体のために、音をあげ、涙し、響を発し、声をたて泣きつづけるのを、きくのである。それは、水の、ひそかな囁きなのである。水はその自身の囁き、嘆きを、自身ききつづける。それを彼は死体に水をそそぎ、死体を洗いながら、きく。

谷杉と〈水〉は「わかちがたく親し」い関係にある。この両者は、たとえてみれば同じ分子式をもちながら性質の異なる二つのもの、つまり〈異性体〉的なものなのではないか。谷杉は〈水〉が死体のために泣くのをきく。〈水〉は自身が泣くのをきくのである。そのとき、死体のために泣いているのは谷杉ということにならないか。

それではなぜ、谷杉は死体に水をそそぎながら泣くのであろうか。単なる感情移入にしては大袈裟にすぎよう。ここにいう「そそぐ」とは何か。右の二つの引用文のなかで後者の「そそぐ」という動詞は平仮名表記である。だが、前者では「死体のもっとも求めている水をおしむことなく灌いでやる」と書かれている。「灌ぐ」という漢字をあてるのである。ところで『大漢和辞典』によれば、「灌ぐ」には〈注ぐ〉と〈雪ぐ〉の二つの意味がある。〈雪ぐ〉はもちろん「よごれ・汚名を消し去ること」である。野間は「灌ぐ」にこの二通りの意味を込めていないだろうか。〈冤を雪ぐ〉、つまり〈雪冤〉の意味に解釈することも可能なのではないか。

たとえば、狭山裁判の石川一雄被告のような場合を想定してみよう。谷杉の隠す〈事故〉は、彼が冤罪を雪ぐことができなかった事態に関わるとしてみよう。それはもしかすると石川一雄のように、権力の弾圧に屈して冤罪を犯行として自供してしまうようなことだったのかもしれない。

いずれにせよ、谷杉は泣きながら〈自己洗浄〉をしているのであろう。水をそそぎ洗い、自分そのものを、本来の自分を、洗い出そうとしているように見える。いわば陽画としての死体洗浄と、陰画としての自己洗浄とが一体化しているのである。死体に水をそそぐこと、それは谷杉にとって本質を顕現化するための不可欠の行為なのである。

〈火〉と〈水〉をめぐっては、しかし、別の解釈も成り立つ。〈二河白道〉論である。それをこの物語のなかに透かし見ることも可能なのではないか。

源信は『往生要集』のなかでこんなふうに書いている。

大論に、二執の過を並べ明して云く、／譬えば、人の陜き道を行くに、一辺は深き水にして、一辺は大いなる火なるときは、二辺倶《とも》に死するが如し。有に著《ちゃく》するも無に著するも、二事倶に失す。　（大文第四正修念仏）

「有」に執着し、また「無」に執着するのは、深い「水」のなか、あるいは燃え盛る「火」のなかに身を投ずるようなものだ。人はその間の「陜き道」を行くのがよい。このような意味であろう。

また、親鸞『教行信証』〈信巻〉は次のように記す。

譬えば人ありて西に向かひて行かんとするに百千の里ならむ。忽然として中路に二つの河あり。一つにはこれ火の河、南にあり。二つにはこれ水の河、北にあり云々。

野間はこれを『親鸞』（七二年、岩波新書）で次のように口語訳する。

たとえば、一人の人がいて、西に向って行こうとするに、その距離百千里の遠いところであるとする。その途中、忽然として二つの河が現われた。一つには火の河、これは南方にあり、二つには水の河、これは北方にあり、二河それぞれ百歩であって、二つとも深くて底がなく、また南北ともにはてるところもない。ちょうどその水と火の河の中間に一つの白道があり、幅四、五寸ばかりという様子。この道も、東の岸より西の岸へと行くのに、また長さ百歩である。北の水の河の波浪ははげしくまじりあい、この道を洗い、南の火の河の火炎またおしよせて道を焼く。水火は交錯しつづけて、とどまる間もない。

〈二河白道〉のこのような様態と、『死体について』の谷杉が死人のもとへ向かう行程相には、次のような共通点がある。

（一）〈火〉と〈水〉が行く手に現われる。

（二）『教行信証』の〈白道〉では、「水火は交錯しつづけて、とどまる間もない」ものである。『死体について』では、「あのサイレンの音が、彼に迫って来る。彼の身体のなかに、水が流れ込む。」と書かれる。谷杉は「サイレンの音」に追い迫られ、「水」に浸潤される。ところで、この物語のサイレンの音は〈状況〉的危機を告示するサインであった。そして錯綜・狂奏する〈生〉の底奏音であった。〈火〉はその錯綜状況から噴き出たのである。そうだとすると、『死体について』においても「水火は交錯」しているのである。

（三）〈白道〉では「一人の人」は「東の岸より西の岸へと」向って行く。谷杉は南側と北側に地盤沈下の起っている道路を、やはり東から西に向って進む。

（四）野間の右の口語訳は引用部分の後に次のような話を続けている。西岸にいる人は「白道」上の人を、「ただちにこちらに来なさい」と呼び招く。そして東岸の群賊は「きみ、帰ってこい」と叫ぶ、というのである。谷杉を見ると、前方（西方）に「死体の、彼を呼んでいる声」を聞き、後方（東方）では徳平が「このまま帰って来なさい」と命令を発しているのである。

（五）〈白道〉の行き着く西岸、そこは阿弥陀仏のいる極楽浄土である。一方、谷杉が向かうのは死人のもとである。谷杉はそこへ赴き、穢体としてある死体を浄化するだろう。そして「水のなかに深く漬り、そこに横たわる」ことが出来るよう、静安体とするだろう。これは〈往生〉の一つのあり方を示すのではないか。また、もし谷杉が、そして死体が、被差別部落と関わりがあるとすれば、彼の行く道は差別を撃ち平等を闘いとる現世における〈浄土〉へと続いていくのかもしれない。

仮にこのような対比関係が成り立つならば、この物語のなかの〈火〉と〈水〉は〈二河白道〉を寓意していると言えるのではないか。もちろんそれは変調された〈二河白道〉である。そうだとするとこの物語は、野間の仕組んだ〈浄土経パロディー〉なのかもしれない。あるいは死体を静安体とする納棺師谷杉を焦点化するならば、迷路隘路の道を潜り抜け浄土を願い求める〈欣求浄土〉のパロディーということになるだろうか。

さらにこんなことも考えられる。谷杉は〈二河白道〉としての迷路を進む。その目的は死体洗浄である。死体は洗われることで穢体から浄体となり〈往生〉する。唯物性としての死体は観念化・荘厳化される。それがこの物語における「死」であるように思われる。そうであるならば、「死体」はそのとき「死」へと超越化するのではないか。あえて〈野間〉に供養の花束をそなえるならば、それは唯物性が現状からの超越化を可能とするための一つの企図なのではないか。超越論のベースとしての唯物論。野間はそんな唯物的超越論とでもいうべき滅法な意図を、この〈二河白道〉に込めたのだろうか。

すでに見てきたように、野間晩年の精神課題の一つは〈天皇制〉生態の物語的剔抉である。また野間の宗教的課題のひとつは〈浄土教〉的な生死観の物語的了解である。そうだとすれば、『青年の環』完成後の野間の中短篇小説的意図は、野間畢生のテーマをこのようなパロディー化を通して、総括的に描こうとしたものと言えるのではないか。海（『泥海』）や川（『タガメ男』）や湖（『青粉秘書』）の公害汚染、そして『死体について』の地盤沈下。たしかに野間はこのような環境破壊のすさまじさを描き警鐘を鳴らしている。しかし深読みめくものを加えるならば、これらはひとつのパロディーなのではないか。野間の韜晦であり、野間晩年のおもしろさであり、野間のしなやかに持続する意志を証し立てているのではないか。そのようにもこのテクストは読みとれるのである。

野間の深層の起動力は、資本制社会が吹き出すところの、排他的利潤追求の諸害悪や〈自由〉を阻害する諸悪に対する持続的〈抵抗〉と、その〈抵抗〉を支える生き身の自分の、その〈魂〉といってよい最奥部の心に、〈平静〉という〈安らぎ〉を与えることにあったように思われる。浄土真宗の〈念仏〉理論、それはその理論項として、〈一念発起・平生業成・仏恩報謝〉の三項により成り立つと思われる。〈平生業成〉とは法然などにみられる臨終業成に対する辞項であり、「浄土に往生しうるための因は、平生の生活のうちに定まっている」（中村元『佛教大辞典』）とする理論である。往生は一念発起において成就するのである。

このような考え方をアレゴリカルに、〈抵抗〉運動のあり方に援用するならばどうなるか。野間において一念発起とは〈マルキシズム〉価値の開眼である。しかしその価値開眼は、持続的〈抵抗〉を必ずしも保証するものとはならない。そのような立場を理論武装し合理化しようとするとき、〈平生業成〉概念は日常活動的持続性というふうに置換可能なものとしてあるのではないか。マルキシズムの〈実践〉概念である。野間のなかにうかがえるマルキシズム思想と真宗的〈救済〉思想とは、このようなところで交接面をもつのではないか。たぶん野間はここに立つはずである。

この短篇集はそのスクリーンの奥底にそんな〈野間〉思想のすがたを垣間見させているように思われる。それは〈野間〉思想のパロディカルな最終スタンスであろう。

＊註　この「解説」は『野間宏の会会報』に連載したものをもとに、まとめ加筆したものである。内容の詳細については『会報』十二号～十六号を参照されたい。
なお、『死体について』は雑誌掲載時の表記に、改めるべき点が数箇所あった。本書に収録するにあたり、それらを改めたことをお断りしておく。

**山下　実**（やました・みのる）　一九四八年、群馬県生まれ。文学研究者。東京都立大学大学院修士課程修了。著書に『野間宏論――欠如のスティグマ』（彩流社、一九九四年）がある。

## 初出一覧

泥　海　『文芸』一九七九年一・二月合併号

タガメ男　『作品』一九八〇年十一月

青粉秘書　『すばる』一九八二年十月（『野間宏作品集』所収の際、加筆）

以上、『野間宏作品集』第三巻、岩波書店、一九八八年所収

死体について　季刊『使者』小学館、一九七九年五月～一九八〇年十月

野間 宏（のま・ひろし）
1915年２月23日、神戸市生まれ。在家門徒たる父、卯一の影響下、幼少時より親鸞の思想に触れる。北野中学時代より創作に励む。三高在学中に詩人、竹内勝太郎と出会い、フランス象徴主義をはじめとする20世紀ヨーロッパの前衛文学を学ぶ。富士正晴、桑原静雄と同人誌『三人』を創刊。1935年、京都帝国大学文学部仏文科に入学。西田幾多郎、田辺元の哲学に傾倒する一方、マルクス主義運動に参加。1938年に大学卒業後、大阪市役所に就職、社会部福利課で融和事業を担当。水平社以来の被差別部落の活動家たちと深い交流を結ぶ。1942年１月、応召しフィリピン戦線に従軍。帰国して原隊に復帰後、治安維持法違反容疑で陸軍刑務所に収監される。1944年２月、富士光子と結婚。
戦後すぐに文学活動を再開し上京。46年「暗い絵」で注目を集め、「顔の中の赤い月」「崩解感覚」など、荒廃した人間の身体と感覚を象徴派的文体で描き出し、第一次戦後派と命名された。人間をトータルにとらえる全体小説の理念を提唱。52年、『真空地帯』で毎日出版文化賞を受賞。64年10月、日本共産党除名。71年には最大の長篇『青年の環』を完成し、谷崎賞を受賞、および73年にはアジアのノーベル賞といわれるロータス賞を日本人としてはじめて受賞した。75年２月より、雑誌『世界』に「狭山裁判」の連載を開始する（～91年４月。没後、『完本 狭山裁判』として藤原書店より1997年刊行）。晩年は、差別問題、環境問題に深くかかわり、新たな自然観・人間観の構築をめざした。87年11月より『野間宏作品集』（全14巻）を刊行（～88年12月、岩波書店）。89年朝日賞受賞。1991年１月２日死去。

死《し》体《たい》について——野《の》間《ま》宏《ひろし》 後《こう》期《き》短《たん》篇《ぺん》 集《しゆう》

2010年5月30日　初版第1刷発行©

著　者　野　間　宏
発行者　藤　原　良　雄
発行所　株式会社　藤　原　書　店

〒162-0041　東京都新宿区早稲田鶴巻町523番地
電　話　03(5272)0301
FAX　03(5272)0450
振　替　00160-4-17013
印刷・製本　中央精版印刷

落丁本・乱丁本はお取替えいたします　Printed in Japan
定価はカバーに表示してあります　ISBN978-4-89434-745-8

## 2　1947年　　解説・富岡幸一郎

「占領下の日本文学のアンソロジーは、狭義の『戦後派』の文学をこえて、文学のエネルギイの再発見をもたらすだろう。」（富岡幸一郎氏）

**中野重治**「五勺の酒」／**丹羽文雄**「厭がらせの年齢」／**壺井榮**「浜辺の四季」／**野間宏**「第三十六号」／**島尾敏雄**「石像歩き出す」／**浅見淵**「夏日抄」／**梅崎春生**「日の果て」／**田中英光**「少女」

296頁　**2500円**　◇978-4-89434-573-7（2007年6月刊）

## 3　1948年　　解説・川崎賢子

「本書にとりあげた1948年の作品群は、戦争とＧＨＱ占領の意味を問いつつも、いずれもどこかに時代に押し流されずに自立したところがある。」（川崎賢子氏）

**尾崎一雄**「美しい墓地からの眺め」／**網野菊**「ひとり」／**武田泰淳**「非革命者」／**佐多稲子**「虚 偽」／**太宰治**「家庭の幸福」／**中山義秀**「テニヤンの末日」／**内田百閒**「サラサーテの盤」／**林芙美子**「晩菊」／**石坂洋次郎**「石中先生行状記——人民裁判の巻」

312頁　**2500円**　◇978-4-89434-587-4（2007年8月刊）

## 4　1949年　　解説・黒井千次

「1949年とは、人々の意識のうちに『戦争』と『平和』の共存した年であった。」（黒井千次氏）

**原民喜**「壊滅の序曲」／**藤枝静男**「イペリット眼」／**太田良博**「黒ダイヤ」／**中村真一郎**「雪」／**上林暁**「禁酒宣言」／**中里恒子**「蝶蝶」／**竹之内静雄**「ロッダム号の船長」／**三島由紀夫**「親切な機械」

296頁　**2500円**　◇978-4-89434-574-4（2007年6月刊）

## 5　1950年　　解説・辻井喬

「わが国の文学状況はすぐには活力を示せないほど長い間抑圧されていた。この集の短篇は復活の最初の徴候を揃えたという点で貴重な作品集になっている。」（辻井喬氏）

**吉行淳之介**「薔薇販売人」／**大岡昇平**「八月十日」／**金達寿**「矢の津峠」／**今日出海**「天皇の帽子」／**埴谷雄高**「虚空」／**椎名麟三**「小市民」／**庄野潤三**「メリイ・ゴオ・ラウンド」／**久坂葉子**「落ちてゆく世界」

296頁　**2500円**　◇978-4-89434-579-9（2007年7月刊）

## 6　1951年　　解説・井口時男

「1951年は、重く苦しい戦後、そして、重さ苦しさと取り組んできた戦後文学の歩みにおいて、軽さというものがにわかにきらめきはじめた最初の年ではなかったか。」（井口時男氏）

**吉屋信子**「鬼火」／**由起しげ子**「告別」／**長谷川四郎**「馬の微笑」／**高見順**「インテリゲンチア」／**安岡章太郎**「ガラスの靴」／**円地文子**「光明皇后の絵」／**安部公房**「闖入者」／**柴田錬三郎**「イエスの裔」

320頁　**2500円**　◇978-4-89434-596-6（2007年10月刊）

## 7　1952年　　解説・髙村薫

「戦争や飢餓や国家の崩壊といった劇的な経験に満ちた時代は、それだけで強力な磁場をもつ。そうした磁場は作家を駆り立て、意思を越えた力が作家に何事かを書かせるということが起こる。そのとき、奇跡のように表現や行間から滲みだして登場人物や物語の空間を浸すものがあり、それをわたくしたちは小説の空間と呼び、力と呼ぶ。」（髙村薫氏）

**富士正晴**「童貞」／**田宮虎彦**「銀心中」／**堀田善衛**「断層」／**井上光晴**「一九四五年三月」／**西野辰吉**「米系日人」／**小島信夫**「燕京大学部隊」

304頁　**2500円**　◇978-4-89434-602-4（2007年11月刊）

7　金融小説名篇集　吉田典子・宮下志朗 訳＝解説
〈対談〉青木雄二×鹿島茂

ゴプセック――高利貸し観察記　*Gobseck*
ニュシンゲン銀行――偽装倒産物語　*La Maison Nucingen*
名うてのゴディサール――だまされたセールスマン　*L'Illustre Gaudissart*
骨董室――手形偽造物語　*Le Cabinet des antiques*

528頁　3200円（1999年11月刊）◇978-4-89434-155-5

高利貸しのゴプセック、銀行家ニュシンゲン、凄腕のセールスマン、ゴディサール。いずれ劣らぬ個性をもった「人間喜劇」の名脇役が主役となる三篇と、青年貴族が手形偽造で捕まるまでに破滅する「骨董室」を収めた作品集。「いまの時代は、日本の経済がバルザック的になってきたといえますね。」（青木雄二氏評）

8・9　娼婦の栄光と悲惨――悪党ヴォートラン最後の変身（2分冊）
*Splendeurs et misères des courtisanes*　飯島耕一 訳＝解説
〈対談〉池内紀×山田登世子

⑧448頁 ⑨448頁　各3200円（2000年12月刊）⑧◇978-4-89434-208-8 ⑨◇978-4-89434-209-5

『幻滅』で出会った闇の人物ヴォートランと美貌の詩人リュシアン。彼らに襲いかかる最後の運命は？「社会の管理化が進むなか、消えていくものと生き残る者とがふるいにかけられ、ヒーローのありえた時代が終わりつつあることが、ここにはっきり描かれている。」（池内紀氏評）

10　あら皮――欲望の哲学　小倉孝誠 訳＝解説
*La Peau de chagrin*　〈対談〉植島啓司×山田登世子

448頁　3200円（2000年3月刊）◇978-4-89434-170-8

絶望し、自殺まで考えた青年が手にした「あら皮」。それは、寿命と引き換えに願いを叶える魔法の皮であった。その後の青年はいかに？「外側から見ると欲望まるだしの人間が、内側から見ると全然違っている。それがバルザックの秘密だと思う。」（植島啓司氏評）

11・12　従妹《いとこ》ベット――好色一代記（2分冊）山田登世子 訳＝解説
*La Cousine Bette*　〈対談〉松浦寿輝×山田登世子

⑪352頁 ⑫352頁　各3200円（2001年7月刊）⑪◇978-4-89434-241-5 ⑫◇978-4-89434-242-2

美しい妻に愛されながらも、義理の従妹ベットと素人娼婦ヴァレリーに操られ、快楽を追い求め徹底的に堕ちていく放蕩貴族ユロの物語。「滑稽なまでの激しい情念が崇高なものに転じるさまが描かれている。」（松浦寿輝氏評）

13　従兄《いとこ》ポンス――収集家の悲劇　柏木隆雄 訳＝解説
*Le Cousin Pons*　〈対談〉福田和也×鹿島茂

504頁　3200円（1999年9月刊）◇978-4-89434-146-3

骨董収集に没頭する、成功に無欲な老音楽家ポンスと友人シュムッケ。心優しい二人の友情と、ポンスの収集品を狙う貪欲な輩の蠢く資本主義社会の諸相を描いた、バルザック最晩年の作品。「小説の異常な情報量。今だったら、それだけで長篇を書けるような話が十もある。」（福田和也氏評）

別巻1　バルザック「人間喜劇」ハンドブック　大矢タカヤス 編
奥田恭士・片桐祐・佐野栄一・菅原珠子・山﨑朱美子＝共同執筆

264頁　3000円（2000年5月刊）◇978-4-89434-180-7

「登場人物辞典」、「家系図」、「作品内年表」、「服飾解説」からなる、バルザック愛読者待望の本邦初オリジナルハンドブック。

別巻2　バルザック「人間喜劇」全作品あらすじ
大矢タカヤス 編　奥田恭士・片桐祐・佐野栄一＝共同執筆

432頁　3800円（1999年5月刊）◇978-4-89434-135-7

思想的にも方法的にも相矛盾するほどの多彩な傾向をもった百篇近くの作品群からなる、広大な「人間喜劇」の世界を鳥瞰する画期的試み。コンパクトでありながら、あたかも作品を読み進んでいるかのような臨場感を味わえる。当時のイラストをふんだんに収め、詳しい「バルザック年譜」も附す。

膨大な作品群から傑作選を精選！

# バルザック「人間喜劇」セレクション

Honoré de Balzac (1799-1850)

（全13巻・別巻二）

責任編集　鹿島茂／山田登世子／大矢タカヤス

四六変上製カバー装　セット計 48200 円

〈推薦〉　五木寛之／村上龍

各巻に特別附録としてバルザックを愛する作家・文化人と責任編集者との対談を収録。各巻イラスト（フュルヌ版）入。

## 1　ペール・ゴリオ――パリ物語

*Le Père Goriot*

鹿島茂 訳＝解説

〈対談〉中野翠×鹿島茂

472 頁　2800 円（1999 年 5 月刊）◇978-4-89434-134-0

「人間喜劇」のエッセンスが詰まった、壮大な物語のプロローグ。パリにやってきた野心家の青年が、金と欲望の街でなり上がる様を描く風俗小説の傑作を、まったく新しい訳で現代に甦らせる。「ヴォートランが、世の中をまずありのままに見ろというでしょう。私もその通りだと思う。」（中野翠氏評）

## 2　セザール・ビロトー ――ある香水商の隆盛と凋落

*Histoire de la grandeur et de la décadence de César Birotteau*

大矢タカヤス 訳＝解説　〈対談〉髙村薫×鹿島茂

456 頁　2800 円（1999 年 7 月刊）◇978-4-89434-143-2

土地投機、不良債権、破産……。バルザックはすべてを描いていた。お人好し故に詐欺に遭い、破産に追い込まれる純朴なブルジョワの盛衰記。「文句なしにおもしろい。こんなに今日的なテーマが 19 世紀初めのパリにあったことに驚いた。」（髙村薫氏評）

## 3　十三人組物語

*Histoire des Treize*

西川祐子 訳＝解説

〈対談〉中沢新一×山田登世子

フェラギュス――禁じられた父性愛　*Ferragus, Chef des Dévorants*

ランジェ公爵夫人――死に至る恋愛遊戯　*La Duchesse de Langeais*

金色の眼の娘――鏡像関係　*La Fille aux Yeux d'Or*

536 頁　3800 円（2002 年 3 月刊）◇978-4-89434-277-4

パリで暗躍する、冷酷で優雅な十三人の秘密結社の男たちにまつわる、傑作３話を収めたオムニバス小説。「バルザックの本質は『秘密』であるとクルチウスは喝破するが、この小説は秘密の秘密、その最たるものだ。」（中沢新一氏評）

## 4・5　幻 滅――メディア戦記（２分冊）

*Illusions perdues*

野崎歓＋青木真紀子 訳＝解説

〈対談〉山口昌男×山田登世子

④488 頁⑤488 頁　各 3200 円（④2000 年 9 月刊⑤10 月刊）④◇978-4-89434-194-4　⑤◇978-4-89434-197-5

純朴で美貌の文学青年リュシアンが迷い込んでしまった、汚濁まみれの出版業界を痛快に描いた傑作。「出版という現象を考えても、普通は、皮膚の部分しか描かない。しかしバルザックは、骨の細部まで描いている。」（山口昌男氏評）

## 6　ラブイユーズ――無頼一代記

*La Rabouilleuse*

吉村和明 訳＝解説

〈対談〉町田康×鹿島茂

480 頁　3200 円（2000 年 1 月刊）◇978-4-89434-160-9

極悪人が、なぜこれほどまでに魅力的なのか？　欲望に翻弄され、周囲に災厄と悲嘆をまき散らす、「人間喜劇」随一の極悪人フィリップを描いた悪漢小説。「読んでいると止められなくなって……。このスピード感に知らない間に持っていかれた。」（町田康氏評）

**全体小説を志向した戦後文学の旗手**

## 野間 宏（1915–1991）

1946 年、戦後の混乱の中で新しい文学の鮮烈な出発を告げる「暗い絵」で注目を集めた野間宏は、「顔の中の赤い月」「崩解感覚」等の作品で、荒廃した人間の身体と感覚を象徴派的文体で描きだした。その後、社会、人間全体の総合的な把握をめざす「全体小説」の理念を提唱、最大の長篇『青年の環』（71 年）を完成。晩年は、差別、環境の問題に深く関わり、新たな自然観・人間観の構築をめざした。

---

**「狭山裁判」の全貌**

## 完本 狭山裁判（全三巻）

**野間 宏**

**野間宏『狭山裁判』刊行委員会編**

『青年の環』の野間宏が、一九七五年から死の間際まで、雑誌『世界』に生涯を賭して書き続けた一九一回・六六〇〇枚にわたる畢生の大作「狭山裁判」の集大成。裁判の欺瞞性を徹底的に批判した文学者の記念碑的作品。〔附〕狭山事件・裁判年譜、野間宏の足跡他。

㊤六八八頁 ㊥六五四頁 ㊦六四〇頁

菊判上製貼函入 **三八〇〇〇円（分売不可）**（一九九七年七月刊）

◇978-4-89434-074-9

---

**一九三三年、野間宏十八歳**

## 作家の戦中日記（一九三二―四五）㊤㊦

**野間 宏**

**編集委員＝尾末奎司・加藤亮三・紅野謙介・寺田博**

戦後文学の旗手、野間宏の思想遍歴の全貌を明かす第一級資料を初公開。戦後、大作家として花開くまでの苦悩の日々の記録を、軍隊時代の貴重な手帳等の資料も含め、余すところなく活字と写真版で復元する。

㊤六四〇頁 ㊦六四二頁

A5上製貼函入 **三〇〇〇〇円（分売不可）**（二〇〇一年六月刊）

◇978-4-89434-237-8

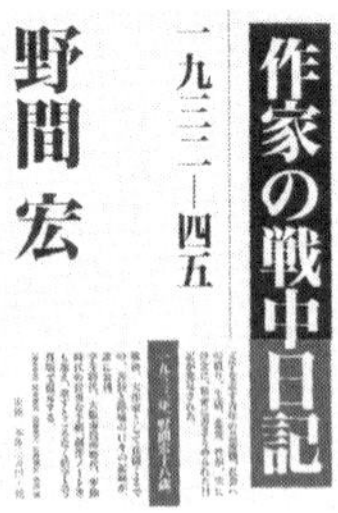


---

**〈品切書籍〉**

**親鸞から親鸞へ**——現代文明へのまなざし（野間宏・三國連太郎）
四六上製 336 頁 **2913 円**（1990 年 12 月刊）◇978-4-938661-15-1

**〈在庫僅少〉**

**万有群萌**——ハイテク病・エイズ社会を生きる（野間宏・山田國廣）
四六上製 312 頁 **2913 円**（1991 年 12 月刊）◇978-4-938661-39-7